词经典

唐宋卷

唐代 集

主编 陈祖美

编著 陈祖美

河南文艺出版社
·郑州·

图书在版编目（CIP）数据

唐代合集/陈祖美编著. —郑州:河南文艺出版社,2018.11

（中华经典好诗词/陈祖美主编）

ISBN 978-7-5559-0681-0

Ⅰ.①唐…　Ⅱ.①陈…　Ⅲ.①唐诗-诗集　Ⅳ.①I222.742

中国版本图书馆 CIP 数据核字（2018）第 129429 号

出版发行　河南文艺出版社
本社地址　郑州市鑫苑路 18 号 11 栋
邮政编码　450011
售书热线　0371-65379196
承印单位　河南瑞之光印刷股份有限公司
经销单位　新华书店
纸张规格　890 毫米×1240 毫米　1/32
印　　张　6.125
字　　数　138 000
版　　次　2018 年 11 月第 1 版
印　　次　2018 年 11 月第 1 次印刷
定　　价　28.00 元

印厂地址　河南省武陟县产业集聚区东区（詹店镇）泰安路
邮政编码　454950　　电话　0391-2527860

导言

陈祖美

　　"中华经典好诗词"丛书是从浩如烟海的中华优秀诗词中几经精简、优中选优的一套经典诗词丛书。全套丛书共分先唐、唐宋、元明清三卷。其中唐宋卷唐代部分包括大小李杜，即李白、杜甫、李商隐、杜牧四位大家的作品专集，以及唐代其他名家的诗词精品，即《唐代合集》；宋代部分包括柳永、苏轼、陆游、辛弃疾四位大家的作品专集，以及宋代其他名家的诗词精品，即《宋代合集》。唐宋卷合计共十种。

　　综观本卷的十个卷本，各有别致之处和亮点所在。

　　李白和杜甫本是唐代名家中的领军人物，读过李、杜二卷更可进一步领略李、杜之别不在于孰优孰劣，而主要在于二人的性情禀赋、所处环境、生平际遇，以及所运用的浪漫主义和现实主义创作方法的不同。从林如海所编的《李白集》中，我们可以体会到诗仙作品那"笔落惊风雨，诗成泣鬼神"的艺术魅力。宋红编审在编撰《杜甫集》时，纠正了新旧注释中的不少错误，再三斟酌杜甫的全部诗作，为我们提供了不曾为历代选家所关注的一些新篇目，使我们对杜甫有了更深层次的认识。

在李白、杜甫身后一个多世纪的晚唐时代，再度出现了李商隐、杜牧光耀文坛的盛事。

平心而论，在唐宋卷的十种中，《李商隐集》的编撰怕是遇上较多难题的一种。感谢黄世中教授，他凭借对李商隐研究的深厚功底，不惮辛劳，从李商隐现存的约六百首诗作中遴选出八大类佳作，为我们消除与李商隐的隔膜开辟了一条捷径。

杜牧比李商隐的幸运之处，在于他尽管受到时相李德裕的多方排挤，却得到了同等高官牛僧孺的极力呵护和器重。再说杜牧最后官至中书舍人，职位也够高了。从总体上看，杜牧的一生风流倜傥，不乏令人艳羡之处，他的相当一部分诗歌读来仿佛是在扬州"九里三十步的长街"上徜徉。对于胡可先教授所编的《杜牧集》，您不妨在每年的春天拿来读一读，体验一下"腰缠万贯，骑鹤下扬州"的美好憧憬。

《唐代合集》所面临的主要难题是版面有限而名家、好诗众多。为了在有限的版面中少一点遗珠之憾，编者陈祖美主要采取了以下三种缓解之策：一是对多家必选的长诗，如《春江花月夜》《长恨歌》《琵琶行》等忍痛割爱；二是著名和常见选本已选作品，尽量避免重复，这里不再选用；三是精简点评字数。

唐宋卷中《柳永集》的编撰难度同样很大，其难点正如陶然教授所说：在柳永的生平仕履中谜团过多、褒贬不一。所幸，陶然教授继承和发扬了其业师吴熊和教授关于柳永研究的种种专长和各项成果，创造性地运用到本书的编撰之中，从而玉成了这一雅俗共赏的好读本。

仅就本丛书所限定的诗词而言，苏轼有异于以词名世的柳永和辛弃疾,洵为首屈一指的"跨界诗词王"！那么,面对这位拥有两千多首诗、三百多首词的双料王牌,本书的编撰者陶文鹏教授运用了何种神机妙策,让读者得以便捷地领略到苏轼其人其作的精髓所在呢？答曰:科学分类,妙笔点睛。不仅如此,本集在题材类编同时,还按照五绝、七绝、五律、七律、词、古风等不同体裁加以排列。编撰者将辛劳留给自己,将方便奉献给读者。

高利华教授所编撰的《陆游集》,则是对陆游"六十年间万首诗"的精心提取。正是这种概括和提取,为我们走近陆游打开了方便之门。编者将名目繁多的《剑南诗稿》(包括一百三十多首《放翁词》)中优中选优的上上佳作分为九大类。我们从前几个类别中充分领略了陆游的从军之乐和爱国情怀,而编者所着力推举的沈园诗则是陆游对宋诗中绝少的爱情篇章的另一种独特贡献。尤其值得一提的是,《陆游集》的更大亮点在于"家祭无忘告乃翁"这一类诗所体现的好家风。山阴陆氏的好家风,既包括始自唐代陆龟蒙诗书相传的"笠泽家风",更有殷切期望后人继承和发扬为国分忧、有所担当的牺牲精神。

邓红梅教授所编的《辛弃疾集》,将辛弃疾六百余首词中的佳作按题材分为主战爱国词和政治感慨词等十一类,从而把人称"词中之龙"的辛弃疾,由人及词全面深刻地做了一番透视与解剖。这样,即使原先是"稼轩词"的陌路人,读了邓红梅的这一编著,沿着她所开辟的这十多条路径往前走,肯定会离辛弃疾越来越近,并从中获得自己所渴望的高品位的精神享受。

唐宋卷由《宋代合集》压轴,不失为一种造化,因为本集的编撰者王国钦先生一贯擅出新招儿、绝招儿。他别出心裁地将本集的八个分类栏目之标题依次排列起来,巧妙地构成一首集句七言诗:

彩袖殷勤捧玉钟,为谁醉倒为谁醒?
好山好水看不足,留取丹心照汗青。
流水落花春去也,断续寒砧断续风。
目尽青天怀今古,绿杨烟外晓寒轻。

读了这首诗想必读者不难看出,这八句诗分别出自宋代或由唐入宋的诗词名家之手。这些佳句呈散沙状态时,犹如被深埋的夜明珠难以发光。国钦先生以其披沙拣金之辛劳和出人意料的奇思妙想,将其连缀成为一首好诗。它不仅概括了本集的主要内容,也无形中大大增添了读者的兴趣。

接连手术后未及痊愈,丁酉暮春
勉力写于北京学院路寓所
2017 年 12 月

目　录

人生感慨·物换星移几度秋

王朝兴废·天若有情天亦老

人心难测·等闲平地起波澜

伉俪情深·曾经沧海难为水

春花秋月·日出江花红胜火

诗乐谐声·抽弦促柱听秦筝

贫者可叹·为谁辛苦为谁甜

编余撷英·一树春风千万枝

人生感慨

物换星移几度秋

凉州词①

王之涣

黄河远上白云间②，一片孤城万仞山。

羌笛何须怨杨柳③，春光不度玉门关④。

[注释]

①凉州词：又名《凉州歌》，属乐府诗。原是凉州(今甘肃武威)一带的歌曲，唐代诗人多用此调，描写西北边塞风光和战争情景，其中以王翰和王之涣所作最著名。

②黄河远上：一作"黄沙直上"。

③"羌笛"句：意谓羌笛吹奏《折杨柳》曲，声音哀怨，像是在埋怨杨柳，但这是无济于事的。

④春光：一作"春风"。

[点评]

　　关于王之涣和这首诗，有一个很有趣的"旗亭画壁"的故事：唐开元年间的一天，王之涣与好友高适和王昌龄在旗亭饮酒，恰遇梨园伶人宴饮，三位私约以伶人演唱各人所作诗篇情形定诗名高下。最后，三位的诗都被伶人演唱过，而演唱王之涣这首《凉州词》的伶人，则是其中最佳者，王之涣为之不胜得意。这一记载极其生动传神地说明了这一绝句在当时的广泛影响及其与音乐的密切关系。

　　诗中有一处重要异文需加以说明,即第四句之所以取"春光"不作"春风",一是根据《全唐诗》卷二五三;二是以"春光"喻"君恩"远胜"春风"一筹,因为自然界的"风"是可以度过"玉门关"的,这有"长风几万里,吹度玉门关"(李白《关山月》)的名句为证,而象征"君恩"的温暖的"春光",却在万里之外,不及于边塞。

石头城①

刘禹锡

山围故国周遭在②,潮打空城寂寞回。

淮水东边旧时月③,夜深还过女墙来④。

[注释]

①石头城:故址在今江苏南京西北清凉山后,是吴国孙权迁都此地后所筑,地势险要,素有"石城虎踞"之称。

②故国:指石头城。

③淮水:指秦淮河。

④女墙:城墙上边呈锯齿形的矮墙。

[点评]

　　此诗当系酝酿于长庆末年,完成于宝历二年(826)作者自和州返洛阳过金陵（今南京）之际,历时约三年。原是名曰《金陵五题》五首怀古诗中的第一首,也是最著名的一首。

一组短诗,花费如许时日,仅此亦可见并非寻常之作。事实上,这组诗在当时就为大诗人白居易所激赏。他认为读过此诗,后之诗人再也写不出这种咏怀金陵的佳作了。

途经秦始皇墓^①

许 浑

龙盘虎踞树层层^②,势入浮云亦是崩。

一种青山秋草里,路人惟拜汉文陵。

[注释]

①秦始皇墓:在今陕西临潼以东,南傍骊山,北临渭水。墓体突兀高大,势入云霄。
②龙盘虎踞:像龙盘曲,像虎踞坐。这里借以形容秦始皇墓的雄伟高大。

[点评]

此诗针对秦始皇的暴政,流露出诗人对秦的灭亡仿佛持有类似于"活该"的诅咒口吻;而"路人"之所以对汉文帝刘恒之墓顶礼膜拜,不仅因为他为人谦和、俭朴,更因为他采取了"与民休息"和"轻徭薄赋"的仁爱政策,促使社会出现了钱花不完、粮吃不尽的国富民安的景象,后世誉之为"文景之治"。

同样是死,陵墓同样淹没在青山秋草之中,但是人们却加倍地怀念汉文帝,对他的死感到伤感和痛心。不言而喻的是,此诗通过对前朝的褒贬,寄寓了诗人对不同皇帝、不同爱憎的两种态度。同样不言而喻的是,李贺之所以对改朝换代发出"天若有情天亦老"的浩叹,当是对所谓好皇帝和盛世的怀念,许浑写此诗的心情看来也有类似之处。

望洞庭湖赠张丞相①

孟浩然

八月湖水平,涵虚混太清②。

气蒸云梦泽③,波撼岳阳城④。

欲济无舟楫,端居耻圣明⑤。

坐观垂钓者,徒有羡鱼情⑥。

[注释]

①诗题又作《岳阳楼》和《临洞庭》。

②虚、太清:均指天空。

③云梦:古代泽薮之名,大致跨有今鄂南、湘北之广袤地区。

④岳阳城:濒于洞庭湖东岸。

⑤端居:平居。

⑥"坐观"二句:系化用《淮南子·说林训》"临河而羡鱼,不如归家织网"。

[点评]

这是一首干谒诗。诗题中的"张丞相",以往注者多谓指张九龄;后来有研究者指出,"张丞相"是指张说,诗则作于张说任岳州刺史的开元四年(716)或五年。

诗虽然写得不卑不亢,含蓄有致,但三、四联之干谒求进之意甚明。

今天看来,全诗最可称道的是颔联"气蒸云梦泽,波撼岳阳城",此为描绘洞庭湖的千古名句。

滕王阁诗①

王 勃

滕王高阁临江渚②,佩玉鸣鸾罢歌舞。

画栋朝飞南浦云③,珠帘暮卷西山雨。

闲云潭影日悠悠,物换星移几度秋。

阁中帝子今何在④? 槛外长江空自流⑤。

[注释]

①滕王阁:在今江西南昌沿江路赣江边。唐显庆四年(659)

高祖李渊之子滕王李元婴都督洪州(治所在今南昌)时营建,阁以其封号命名。

②江渚(zhǔ 主):江中的小洲。

③南浦云:即"南浦飞云"。在王勃作《滕王阁诗》并序之前,"南浦飞云"已蔚为一景,并建有供迎送客人休息之用的南浦亭(在今南昌沿江路抚河桥附近)。

④帝子:指滕王李元婴。

⑤槛(jiàn 剑):这里指滕王阁周围的栏杆。

[点评]

　　唐高宗李治上元二年(675)九月九日,重修滕王阁成,洪州都督阎某在此大宴宾客,原拟由其婿撰写阁序以之夸耀。适逢王勃赴交趾探父过此,席间作此诗并序。

　　因为骈文《滕王阁序》写得辞藻华美,对仗工稳,其中"落霞与孤鹜齐飞,秋水共长天一色"两句,以当时流行的句调,写出前人未道过的景物,最为传诵。全文约一百四十句,几乎句句优美动人。

　　按说此诗写得也不错,如其中的"闲云潭影日悠悠,物换星移几度秋",已成为形容时序世事变化的著名成语,洵为难能可贵。只是由于诗序写得更为典雅华贵,才造成后来的"喧宾(序)夺主(诗)"之势。

酬乐天咏老见示^①

刘禹锡

人谁不顾老,老去有谁怜。身瘦带频减,发稀冠自偏。废书缘惜眼,多炙为随年^②。经事还谙事,阅人如阅川。细思皆幸矣,下此便翛然^③。莫道桑榆晚^④,为霞尚满天。

[注释]

①乐天:白居易,字乐天。
②多炙:多多烤制肉干。随年:这里指适应老年体衰的需要。
③翛(xiāo 消)然:自由自在的样子。
④桑榆:指日落时余光所在处,即晚暮。这里用来比喻人的垂老之年。

[点评]

刘禹锡与白居易同年,又是诗友,人称"刘白",二人晚年均居洛阳。白居易先给刘禹锡写了一首题为《咏老赠梦得》的诗,诗云:"与君俱老也,自问老何如? 眼涩夜先卧,头慵朝未梳。有时扶杖出,尽日闭门居。懒照新磨镜,休看小字书。情于故人重,迹共少年疏。惟是闲谈兴,相逢尚有余。"

  刘禹锡得此原唱后便写了上述那首酬赠诗。刘、白二诗均为"咏老"之作,但刘诗显得积极乐观,特别是"莫道桑榆晚,为霞尚满天"二句,所表现的那种老当益壮、自强不息的精神,为历代所广泛传诵和引用。

王朝兴废

天若有情天亦老

春行即兴

李 夐

宜阳城下草萋萋^①,涧水东流复向西。

芳树无人花自落,春山一路鸟空啼。

[注释]

①宜阳:县名,在今河南西部、洛河中游。唐代最大的行宫之一的连昌宫,就坐落在宜阳城下。

[点评]

此诗通过城下荒草、涧水横流、花落山空、阒无人迹的描写,把连昌宫的所在地写得荒凉不堪,令人倍生黍离之悲。

李夐是元稹的老前辈。根据其生年和大致卒年推断,他的这首《春行即兴》,至少比元稹作于唐宪宗元和十二年(817)的《连昌宫词》早二十年。不仅如此,元稹创作《连昌宫词》时任通州司马,他根本就未到过连昌宫所在地,诗的内容也多是来自传闻的虚拟之说,而李夐诗则是身临其境的"即兴"之作。因此我们有理由说,元稹受到李夐诗的启发,《连昌宫词》实是对于《春行即兴》诗的敷衍之作。这就是李夐此诗的价值所在。

汴河曲

李　益

汴水东流无限春,隋家宫阙已成尘。

行人莫上长堤望,风起杨花愁杀人。

[点评]

诗题中的"汴河",首句的"汴水",也叫"汴渠"。这三者
称指的是同一条水,即隋所开的通济渠东段。当年隋炀帝为
了南下游览江都,不顾民众死活,兴师动众地开凿了这条通
济渠,沿渠筑堤,后称为"隋堤"。堤上种植杨柳,在汴水之
滨修建了豪华的行宫,即诗中所谓的"隋家宫阙"。

李益触景生情,将东流汴水的无限春色,与已经颓败不
堪的"隋家宫阙"相对比,从而抒发了其今昔盛衰之感。后
二句则重在伤今。

乌衣巷①

刘禹锡

朱雀桥边野草花②,乌衣巷口夕阳斜。

旧时王谢堂前燕,飞入寻常百姓家。

[注释]

①乌衣巷:作为诗篇名,它是刘禹锡所作组诗《金陵五题》中的第二首,白居易曾对此不胜"叹赏"。作为地名,它是金陵古城内的一条街道,位于秦淮河以南,与朱雀桥相近。原为东吴着黑衣的军士乌衣营驻地,故名。东晋时,王导、谢安等豪族聚居于此。

②朱雀桥:六朝时金陵正南朱雀门外横跨秦淮河的大桥,是当时的交通要道。故址在今南京镇淮桥东。

[点评]

　　此诗的写作经过,与《石头城》相同,但取景却迥然有别。《石头城》从大处着眼,以山、水、明月等自然景观之永恒,对比世事之巨变;此诗从小处着笔,以"野草花"生发沧桑之感。"旧时王谢堂前燕,飞入寻常百姓家。"这是历代传诵的名句,意谓豪族华堂成了普通百姓之家。一只小小的燕子寄寓了作者多么深沉的历史浩叹啊!

金陵怀古

许 浑

玉树歌残王气终①,景阳兵合戍楼空②。

松楸远近千官冢,禾黍高低六代宫③。

石燕拂云晴亦雨④,江豚吹浪夜还风⑤。

英雄一去豪华尽,惟有青山似洛中。

[注释]

①玉树歌:即被称为亡国之音的《玉树后庭花》。王气:指王
朝的气运。

②景阳兵合:指南朝陈祯明三年(589),隋兵南下攻占台城,
合兵南朝陈之景阳殿,陈后主与其张、孔等妃子被俘,陈遂灭
亡之事。

③禾黍高低:文人墨客慨叹王朝盛衰兴废,常常引用《诗
经·王风·黍离》的有关成句,"黍离"或"禾黍"便积淀了或
亡国之痛、或吊古伤今的内涵。

④石燕:相传产于零陵的形状如燕的石块,遇风雨则飞舞,雨
止还化为石。

⑤江豚:我国长江中所产的一种哺乳动物。据说样子像猪,
常在浪间跳跃,遇风则起。

此诗约作于大和八年（834）前后。它不仅是许浑的传世名篇之一，而且在诸多同题吟咏中，此首堪称集大成之作。

本诗中较费解的是颈联。此联至少有三种不同的理解：一是将"石燕"和"江豚"看成英雄般的形象；二是针对晚唐衰世、藩镇跋扈，托兴风雨；三谓"颈联当赠远游者，似有戒慎意"。对第一种说法笔者尚不理解——"石燕"幻化似妖、"江豚"兴风作浪，怎么会是英雄所为呢？我们赞成将"戒慎意"和托兴风雨的"警示说"联系起来，理解成与许浑的另一名句"山雨欲来风满楼"之意蕴相似。

摊破浣溪沙①

李　璟

菡萏香销翠叶残②，西风愁起绿波间。还与韶光共憔悴③，不堪看。　　细雨梦回鸡塞远④，小楼吹彻玉笙寒⑤。多少泪珠无限恨，倚阑干⑥。

[注释]

①此词调名又作《南唐浣溪沙》《添字浣溪沙》等。摊破：唐宋曲子词中术语，又叫"摊声"，指乐曲节拍的变动所引起的

句法和协韵的变化。

②菡萏(hàn dàn 汉但):荷花的别称。

③韶光:这里比喻美好的青春时期。

④鸡塞:泛指边地。

⑤"小楼"句:意谓曲子吹奏到最后,因时间长、次数多,水汽使笙簧潮湿而不应律,须以微火烘之使其由"寒"变暖。

⑥倚阑干:一作"寄阑干"。

[点评]

　　此词当系针对社稷之虑而发,这从陆游《南唐书·冯延巳传》中亦可以悟出李璟词寄意遥深的道理:冯延巳《谒金门》有"风乍起,吹皱一池春水"句。中主云:吹皱一池春水干卿何事? 冯对曰:未若陛下"小楼吹彻玉笙寒"也。有释者认为,此系冯延巳奉承李璟。其实不然,"干卿何事"的诘问,说明李璟主张作词要与家国社稷休戚攸关、要有寓托。正因为当时的南唐已衰败不支。陆游的这一见解,可作为解读此词的一把钥匙。

　　此词字面上是说一个思妇看到荷衣零落,想到时光流逝,红颜将老,实际寓有作者对国势日颓而又无力挽回的焦虑,这就是王国维所说的迟暮之感。总之,此词寄意遥深,旨在伤时悼乱,不是一般的叹别念远之作,寄托着作者的社稷之虑和忧患之思。

悼人伤事

伤心不独为悲秋

题长安壁主人

张 谓

世人结交须黄金,黄金不多交不深。

纵令然诺暂相许,终是悠悠行路心。

[点评]

此诗是对中晚唐社会人心不古、世风日下现状的讽刺和针砭。但读之深感"殷鉴"不可废,至今仍有"量己知弊"的深刻现实意义。

不是吗?本来应该是治病救人的"白衣天使",有些却不是"对症"而是针对"红包"而"下药";本来应该是公事公办的交道,却往往要在豪奢的宴席上,大唱什么"交情浅舔一舔,交情深一口闷"的所谓祝酒歌……眼下在难以数计的"民歌""民谣"中,恐怕有相当一部分是值得那种"天天醉"的"公仆"们深长思之的。而将此类弊端归咎于"悠悠行路心",乃至"人心不如水"当不谓无识。

上汝州郡楼①

李 益

黄昏鼓角似边州②,三十年前上此楼。

今日山川对垂泪,伤心不独为悲秋③。

［注释］

①汝州:今河南省汝州市,辖境相当于今河南北汝河及沙河流域。

②鼓角:古代军中用以报时或发号施令的鼓声和号角。

③悲秋:语出宋玉《九辩》"悲哉秋之为气也,萧瑟兮草木摇落而变衰"。

［点评］

　　此诗约作于唐德宗贞元二十年(804),那是李益平生第二次登上汝州郡楼之际。令他感到奇怪的是:"汝州"地处中原腹地,黄昏登楼,为什么会听到他一向熟悉的边塞军旅中的鼓角之声呢? 这是"三十年前"他第一次登临此楼时不曾有过的呀! 答案尽在不言中。原来,在德宗建中四年(783)就已发生的淮西兵乱,至今二十多年了竟没有平息,如此长期战乱所造成的破坏是不言而喻的。

　　所以第三句的"今日山川对垂泪",是一种超越了个人愁绪的江山社稷之悲。尽管时值"草木摇落"的秋季,诗人的感伤却不单是因为"萧瑟"的"秋气"所造成的。"伤心不独为悲秋",实际上是因为"风景不殊,举目有江山之异"的缘故!

落日怅望

马　戴

孤云与归鸟,千里片时间。

念我何留滞^①,辞家久未还。

微阳下乔木^②,远烧入秋山^③。

临水不敢照,恐惊平昔颜。

[注释]

①留滞:停留。语出《史记·太史公自序》。这里似含有度日如年之感。
②微阳:这里指夕阳。
③远烧:指远在天边的火红的斜照或落霞。

[点评]

　　在走近马戴之前,笔者根本未曾料到,他在人们的心目中竟有这么重的分量。他的五律被认为超迈时人、深得此体之三昧,且优游不迫,沉着痛快,两不相伤,有学者甚至认为其诗歌成就在晚唐诸人之上,云"晚唐之马戴,盛唐之摩诘(王维)"。

长沙过贾谊宅①

刘长卿

三年谪宦此栖迟②,万古惟留楚客悲。

秋草独寻人去后,寒林空见日斜时③。

汉文有道恩犹薄,湘水无情吊岂知?

寂寂江山摇落处④,怜君何事到天涯?

[注释]

①贾谊:西汉洛阳人。汉初杰出的政治家和文学家。主要文学成就是政论散文,代表作有《过秦论》等。原有赋七篇,今存四篇,其中以《鵩鸟赋》和《吊屈原赋》较著名。文帝时被召为博士、太中大夫,后被谪为长沙王太傅。贾谊宅:虽然《大清一统志》记其在长沙县西北,因时代过于久远恐不足为凭。又因刘长卿何时"过长沙"不得而知,故此诗作年亦未知。

②栖迟:语出《诗经·陈风·衡门》,原意当是嬉戏游息的意思,主人公的心情轻松愉快。这里当作谪居栖身解。

③"秋草"二句：系隐括贾谊《鵩鸟赋》句意。

④摇落：凋零、衰落的意思。

[点评]

刘长卿是七律高手，证之此诗亦然。其颈联上句意谓：施行"与民休息""轻徭薄赋"，开创了"文景之治"的"有道"的汉文帝尚且对杰出人物贾谊加以贬谪，无道之君又当如何！

颈联之下句意谓：今日我之痛吊贾谊，就像当年贾太傅凭吊屈原一样于事无补。这是一种多么深沉的感慨啊，若无一再遭贬的痛苦经历，如何写出这等诗句！

吊白居易

李　忱

缀玉联珠六十年，谁教冥路作诗仙①。

浮云不系名居易，造化无为字乐天。

童子解吟长恨曲，胡儿能唱琵琶篇。

文章已满行人耳，一度思卿一怆然②。

[注释]

①冥路：犹泉路，即通向黄泉之路，指阴间。诗仙：白居易晚

年,他的朋友曾函告他说:一位客商渡海遇风漂流到海山深处,在那里看到一处"乐天院"。一时盛传,在白居易生前,仙境中已为他准备了归宿。或许李忱也听到了这传言,故称白居易到阴间做了诗仙。

②怆(chuàng 创)然:悲伤的样子。

[点评]

此诗作者李忱,即唐宣宗。白居易去世的次年李忱登极。在三周年时,白居易之妻杨氏亲求李商隐撰写了《唐刑部尚书致仕赠尚书右仆射太原白公墓碑铭并序》的碑文;白居易的从父弟白敏中上疏宣宗,为白居易求得谥号曰"文",这首诗亦当作于此时。

皇帝亲自写诗哀悼一位诗人,这本身就是一件不平常的事,加之此诗又写得情真意切,对白居易一生作了全面而中肯的评价,所以在诸多吊白之作中,这一首最有名。特别是颈联"童子解吟长恨曲,胡儿能唱琵琶篇",堪称绝唱,冥冥中的白居易也当为之感激涕零!

途中见杏花

吴 融

一枝红艳出墙头,墙外行人正独愁。

长得看来犹有恨,可堪逢处更难留。

林空色暝莺先到,春浅香寒蝶未游。

更忆帝乡千万树,澹烟笼日暗神州。

[点评]

"红杏枝头春意闹","闹"是秾艳、旺盛的意思,也就是说杏花的开放象征着春天的到来和希望的降临,离"开到酴醾花事了"的伤春时节还很遥远,那么诗人为何见杏花而独自发愁呢?

看来这种"愁"还不打一处来:一则当因杏花的花期短暂,早开易谢,加之他行色匆匆,即诗中所谓"可堪逢处更难留",这一切都意味着好景不长;二则是由"途中"的"一枝"杏花,想到了京都长安的"千万树",从而勾起了诗人的旅怀羁愁以及宦海浮沉之感。总之,这春日里所产生的种种愁绪,不正好说明"伤心不独为悲秋"吗?

江陵愁望寄子安①

鱼玄机

枫叶千枝复万枝②,江桥掩映暮帆迟。

忆君心似西江水,日夜东流无歇时。

[注释]

①诗题一作《江陵愁望有寄》。子安:即李亿。
②"枫叶"句:当系化用《楚辞·招魂》的"湛湛江水兮上有枫,目极千里兮伤春心",以枫生江上兴起愁情。

[点评]

　　鱼玄机只有十五岁时,就被补阙李亿纳为小妾。二人颇相得,但是不为李亿妻所容,鱼玄机遂被迫出家于长安咸宜观做了女道士。此诗约作于咸通元年(860)前后,这时鱼玄机正沿长江中游一带漫游。诗题中之"江陵"当指长江南岸的潜江。作者江行至此,面对滔滔江水,触景生情,抒发其忆念李亿之感。

一片冰心在玉壶

友谊天长

芙蓉楼送辛渐二首①

（其一）

王昌龄

寒雨连江夜入吴②，平明送客楚山孤③。

洛阳亲友如相问，一片冰心在玉壶。

[注释]

①芙蓉楼：故址在润州丹阳（今江苏镇江）。辛渐：王昌龄的好友。

②江：一作"天"。吴：一作"湖"。吴指作者此时所在的江宁，江宁属吴地。

③平明：指早晨天已放亮的时候。楚山：这里当是泛指南方的山。

[点评]

　　王昌龄大约于开元末年受任江宁丞，《唐才子传》称其为"诗家夫子王江宁"。江宁属今南京市，东临镇江。此诗即王昌龄由江宁陪辛渐至镇江西北隅之芙蓉楼，主客在此分手，主人写了两首送别诗，这是第一首。

　　前两句写临别之际被笼罩在一片凄苦的氛围之中，而后两句"洛阳亲友如相问，一片冰心在玉壶"，则为千古传诵之句，被称为借送友以自抒胸臆。那么此时诗人"胸臆"中有什么块垒吗?

是的,这时的王昌龄正如殷璠所说因其"不矜细行,谤议沸腾",也就是不拘小节,为众人所毁谤,并且还准备将他再次贬到荒远之地。在这种背景下,远方朋友最关心、最想知道的是事实真相。王昌龄将其胸臆中的千言万语,借古今高洁之士曾用以"自明高志"的"冰心""玉壶"以自比,托辛渐带口信给洛阳的亲友们——我王昌龄的品格仍然是冰清玉洁!这种恰如其分的自誉,既是对亲友的告慰,也是对谤议者的一种蔑视。

送元二使安西①

王 维

渭城朝雨浥轻尘②,客舍青青柳色新。

劝君更尽一杯酒,西出阳关无故人③。

[注释]

①此诗之题一作《渭城曲》,曾被广为传唱;其末句反复送唱,故又称《阳关三叠》。元二:指友人的排行,其名不详。安西:唐代安西都护府所在地,治所在今新疆库车一带。

②渭城:原是秦都咸阳,汉代改称渭城。在今西安西北,渭水北岸。浥(yì意):润湿。

③阳关:故址在今甘肃敦煌西南,因其地在玉门以南,故称阳

关。

这几乎是一首最著名的送别诗。一、二句写送别的时间、地点和环境气氛：朝雨一阵，仿佛是天从人愿，把往日尘土飞扬的大道润洒得干干净净，旅舍也掩映在一派清新翠绿的柳色之中。柳者，"留"也，今天它以如此亮丽的姿色呈现在离人面前，既寓别情，又是一种希望的象征、壮别的氛围。

这种氛围更体现于三、四两句，主人说了一句饱含深情的劝酒辞——我的好朋友啊，你再干了这杯吧；你所去的阳关以西是绝域荒远之地，再也不会遇到你我之间这样的知心朋友了。正如有的学者所说，这首诗所描写的是一种最有普遍性的离别。它没有特殊的背景，而自有深挚的惜别之情，这就使它适合于绝大多数离筵别席演唱。后来编入乐府，成为最流行、传唱最久的歌曲。

别董大二首①

（其一）

高 适

十里黄云白日曛②，北风吹雁雪纷纷。

莫愁前路无知己，天下谁人不识君？

33

[注释]

①诗题一作《别董令望》。董令望,事迹未详,或许"董大"是其排行,但亦有认为"董大"即唐玄宗时著名音乐家董兰庭者。

②十里:一作"千里"。曛(xūn 勋):日没时的余光。

[点评]

　　关于此诗的写作年代,学者多以为是天宝六年(747),兹从之。清人徐增谓:"此诗妙在粗豪。"或许正是根据这一说法,"莫愁前路无知己,天下谁人不识君"二句,多被引为壮别语。

杨柳枝

刘禹锡

清江一曲柳千条,二十年前旧板桥。

曾与美人桥上别,恨无消息到今朝。

[点评]

　　白居易曾于长庆二年(822)写了一首题作《板桥路》的七言诗。杨慎《升庵诗话》卷七认为,刘禹锡的这首诗系隐括白诗而成,那么此诗当作于稍后的长庆三、四年间。

此诗写旧地重游，感念故人，实较白诗为胜。相传晚唐著名歌女周德华曾歌此诗。胡应麟称其"真是神品"，施闰章说它"自然入妙"，均非过誉。

蓝桥驿见元九诗[①]

白居易

蓝桥春雪君归日[②]，秦岭秋风我去时[③]。

每到驿亭先下马，循墙绕柱觅君诗。

[注释]

①蓝桥：在今陕西蓝田东南蓝溪之上，为古代往返长安必经之路。其地设有供来往官员等途中歇宿、换马的驿站，名曰蓝桥驿。元九：白居易的好友元稹，排行九。这里所谓"元九诗"，是指元稹于元和十年，自唐州奉召还京，途经蓝桥驿在驿站壁上留下一首题作《留呈梦得子厚致用》的七律，诗云："泉溜才通疑夜磬，烧烟余暖有春泥。千层玉帐铺松盖，五出银区印虎蹄。暗落金乌山渐黑，深埋粉堠路浑迷。心知魏阙无多地，十二琼楼百里西。"此诗诗题一作《留呈梦得子厚致用题蓝桥驿》）。

②君：指元稹。

③秦岭：横贯我国中部、东西走向的一条古老山脉，我国地理上的南北分界线。西起今甘肃、青海两省边境，东至今河南

省中部。这里指今陕西省境内的一段。

[点评]

诗的前两句是针对元、白的各自一段经历而发的。元和十年(815)初春元稹奉召归京之时,蓝桥驿一片银白的世界,他心中也充满了希望;八个月后,白居易被贬为江州司马途经此地时,却秋风萧瑟,其内心之悲凉不言而喻。白居易的这种遭遇固然可悲,但是看了元稹的这首诗,知道好友为他自己的前程空欢喜了一场,数月前已被贬到遥远的通州,这使得诗人对好友的命运更加同情,一种十分强烈的共鸣之感便油然而生。

后两句所描绘的情景大致是这样的:数月前元稹的西归和眼下白居易的东去,所经过的道路有相当一段是相同的。所以每到一个驿亭,他便不顾旅途疲劳急忙下马,到处寻找元稹的题诗。元、白间不只是诗友的关系,白居易在驿亭寻觅的是好友的一颗心。所以诗中虽无任何谈及友情之语,但却给人留下了"海内存知己"的强烈印象。

赠项斯①

杨敬之

几度见诗诗总好,及观标格过于诗②。

平生不解藏人善,到处逢人说项斯。

①项斯：中晚唐诗人，字子迁，台州临海（今属浙江）人。初未闻达，在以其诗卷谒见此诗作者并获赏识、延誉后，遂进士及第。

②标格：指风范、风度。

[点评]

几乎谁都知道替人说好话或者讲情，叫作"说项"，而这首诗就是这个典故的出处所在，也是杨敬之的重要贡献。无原则地抬举某个人，不能叫"说项"；而"说项"的真正价值当在于发现人才，奖掖后生。

谢亭送别①

许 浑

劳歌一曲解行舟②，红叶青山水急流。

日暮酒醒人已远，满天风雨下西楼。

[注释]

①谢亭：又名谢公亭，故址在今安徽宣城以北，南齐诗人谢朓任宣城太守时所建，并曾在此处送别友人，后来这里就成了著名的送别之地。

②劳歌:这里指送别之歌,其语始见于骆宾王《送吴七游蜀》诗"劳歌徒欲奏,赠别竟无言"。

[点评]

　　作者于文宗开成三至五年(838—840)任当涂、太平(今均属安徽)县令,此诗当作于这段时间。当朋友在暮色中走远之后,不必从字面上去说他如何伤感,只看到他独自默默地从风雨笼罩的"西楼"上走了下来,其心境便可想而知。

赠薛涛①

胡　曾

万里桥边女校书②,枇杷花下闭门居③。

扫眉才子知多少④,管领春风总不如⑤。

[注释]

①薛涛:字洪度,长安人,有《薛涛诗笺》等。此诗作者一说王建,诗题一作《寄蜀中薛涛校书》。

②万里桥:在今四川成都以南的锦江上。三国时诸葛亮曾为出使吴国的费祎在此送行,有"万里之行始于此"之说,并因以命桥。杜甫有"万里桥西一草堂"的诗句,薛涛晚年居于此桥近旁。校(jiào 较)书:本为古代掌管校理书籍的官员。据载,武元衡为相时,尝奏授薛涛为校书郎,未成。后以女校

书为对妓女的雅称,这里指薛涛。

③"枇杷"句:这里指薛涛居处,后世因此称妓女所居为"枇
杷门巷"。

④扫眉才子:这里是赞许薛涛文才出众,后世指有文才的女
子。

⑤管领:近于准是之意。

[点评]

　　此诗写的是薛涛晚年的状况,从"闭门居"三字可见其
多么寂寞和失意,但是她的才华仍然是女子中无与伦比的。

　　关于这首诗的作者,以往多作王建,这里作"胡曾",是
据江苏古籍出版社 1990 年 11 月版《唐诗大辞典》。

　　此诗虽然只有短短的四句,但是从以上的注释中可以看
出,它至少有三处被后世提炼为故实,其广泛影响即来源于
此。

送日本国僧敬龙归

韦　庄

扶桑已在渺茫中,家在扶桑东更东。

此去与师谁共到,一船明月一帆风。

[点评]

诗人韦庄晚年崇佛,其与日本国出家修行僧人的交往亦当在晚年,所以这首诗亦当是晚年所作。

从宏观的眼光看,中日间是一衣带水的近邻。但在当时漂洋过海尚有很大风险的情况下,东渡日本洵为一般人难以想象的远行,况且敬龙又很可能是有去无回者。为这样的友人送行,心里肯定不是滋味。

此诗好就好在写得非常得体:"扶桑"和友人的家虽然很远很远,但那是神木和日神所在的地方(详见《山海经·海外东经》),况且陪伴你这位良师益友的,将是清风朗月,一帆风顺!这是对航行者再好不过的祝福。所以此诗所表现的别情,迥异于凄凄伤感之篇。

淮上与友人别①

郑 谷

扬子江头杨柳春②,杨花愁杀渡江人。

数声风笛离亭晚,君向潇湘我向秦③。

[注释]

①淮上:扬州通过运河与古四渎之一的淮水相接。这里的"淮上"实指扬州。

②扬子江:长江在今江苏仪征、扬州一带古称扬子江,因扬子津和扬子县而得名,与近代通称长江为扬子江有所不同。
③潇湘:指今湖南一带。秦:这里指长安。

[点评]

　　有学者认为,这首诗的成功,和有这样一个别开生面的、富于情韵的结尾有密切关系。表面上看,末句只是交代各自行程的叙述语,既乏寓情于景的描写,也无一唱三叹的抒情。实际上,诗的深长韵味恰恰就蕴含在这貌似朴直的不结之结当中。

送人东归①

温庭筠

荒戍落黄叶②,浩然离故关③。

高风汉阳渡④,初日郢门山⑤。

江上几人在,天涯孤棹还。

何当重相见,樽酒慰离颜。

[注释]

①诗题一作《送人东游》。
②荒戍:荒凉的营垒。

③浩然:语出《孟子·公孙丑下》,意谓心怀远志。

④汉阳:今属湖北武汉。

⑤郢门山:又名荆门山,在今湖北。

[点评]

　　从诗中所涉及的地点和温庭筠的有关经历看,此诗约作于懿宗咸通一年(860)至三年(862),作者被贬隋县尉之后和离开江陵东下之前这段时间。

　　这首诗逢秋而不悲秋,送别而不伤别。如此离别,在友人,在诗人,都不曾引起更深的愁苦。

别严士元①

刘长卿

春风倚棹阖闾城②,水国春寒阴复晴。

细雨湿衣看不见,闲花落地听无声。

日斜江上孤帆影,草绿湖南万里情③。

君去若逢相识问④,青袍今已误儒生⑤。

[注释]

①诗题又作《送严士元》《赠别严士元》《送严员外》《送郎士元》,后二题疑误。又作李嘉祐诗,亦误。

②阖闾城：即今苏州城。春秋时吴王阖闾所居，故名。

③湖南：这里指太湖以南。

④君去：一作"东道"，指严士元。

⑤青袍：犹青衿，也称青领，古代学子所穿的衣服，也用以代指读书人。一说指服青衣的八、九品的低级官吏。

[点评]

严士元曾一度作为永王璘的幕僚，而以其智勇免祸。肃宗继位之初，受命南国。途经吴地，与时任长洲（今属江苏苏州）尉的刘长卿短暂谋面，刘遂写了这首为其送别的诗。

诗从乍阴乍晴的江南早春光景写起，堪称神来之笔。尤其是"细雨湿衣看不见，闲花落地听无声"二句，更是为人广为传诵的写景名句，亦可从中看出诗人为这种"闲花"春雨江南的美景所陶醉。及至在傍晚时分目送友人的孤帆远去，一阵怅惘失落之情油然而生。其中既有为友人的旅途孤寂而担心，也有为自己有志不得酬、身居下僚的处境而不满。所以诗中的所谓"万里情"，非常耐人寻味。

登柳州城楼寄漳汀封连四州①

柳宗元

城上高楼接大荒,海天愁思正茫茫。

惊风乱飐芙蓉水②,密雨斜侵薜荔墙。

岭树重遮千里目,江流曲似九回肠③。

共来百越文身地④,犹自音书滞一乡。

[注释]

①诗题中所指登柳州(今属广西)城楼的时间是元和十年(815),即诗人初任柳州刺史之际。漳:漳州(今属福建)。汀:汀州(今属福建)。封:封州(今属广东)。连:连州(今属广东)。此处指与柳宗元同时远迁的这四个州的刺史。

②飐(zhǎn 展):风吹物使颤动。

③回肠:形容内心焦虑不安,仿佛肠子在旋转一样。九回肠:极言焦虑之甚。

④百越:也称百粤,我国古代南方的少数民族名。文身:许多民族早期存在的一种风习,即用针在人的全身或局部刺出自然物或几何图形,有的还染有色彩。这里是指我国古代南方少数民族的文身风俗,如《庄子·逍遥游》有"越人断发文身"之说。

十年前,"永贞革新"失败,柳宗元等八人分别被贬为边州司马,史称"八司马"。柳宗元被贬为永州司马十年后,与刘禹锡等五人被召回京,旋即又分别被命为柳、漳、汀、封、连五州刺史,名为升职,实则远迁。柳宗元带着被迫害、被愚弄的愁愤交加的心情,到达柳州任所之初便写了这首诗。

凉州馆中与诸判官夜集^①

岑 参

弯弯月出挂城头,城头月出照凉州。凉州七里十万家,胡人半解弹琵琶。琵琶一曲肠堪断,风萧萧兮夜漫漫。河西幕中多故人^②,故人别来三五春。花门楼前见秋草^③,岂能贪贱相看老。一生大笑能几回,斗酒相逢须醉倒。

[注释]

①凉州:作为地名历代的辖境有所不同,唐代仅辖今甘肃永昌以东、天祝以西一带,治所在武威。判官:唐代始设的官名。这里指节度使的僚属。

②河西:唐代方镇名,这里指河西节度府所在地,治所在凉

州。

③花门楼:指宴饮客馆的楼房名称。

[点评]

　　这首诗通俗易懂,但至少有三点值得特别关注:

　　一是它的写作时间和风格特点。根据岑参的行踪,天宝十三年(754),岑参又一次出塞西行赴北庭都护府(地属今新疆),途经凉州,与诸故友宴饮而作此诗。这段时间正是诗人富有奇情壮采之时,诗作亦充分体现出高亢豪迈的"盛唐气象"。

　　二是此诗不仅属音节、格律比较自由,形式富于变化的歌行体,其前一部分还运用顶针句法(即首句之尾与二句之首均作"城头"、二句之尾与三句之首均作"凉州"等),且句句用韵,两句一换,接近民歌,便于咏唱。

　　三是"一生大笑能几回,斗酒相逢须醉倒",洵属豪迈健康的唐诗名句。

人心难测

等闲平地起波澜

放　鱼

李群玉

早觅为龙去^①，江湖莫漫游。

须知香饵下^②，触口是铦钩^③。

［注释］

①"早觅"句：当是化用鲤鱼跳龙门的故事（详见《水经注·河水》）。

②香饵：渔猎所用之诱饵，也可引申为诱人上钩的圈套。

③触口：这里当是指口唇之所及的意思。铦（xiān 先）钩：指锋利的鱼钩。

［点评］

这是一首富有哲理的咏物诗。作者仿佛是一位深谙世故的好心人，他在放鱼归江湖时，谆谆提醒它说：能够"上度龙门"，在一个美好的世界里得度为龙，固然再好不过。但要千万谨记，不要在江湖中漫游，尤其不要去吞食美味四溢的"香饵"，因为在"香饵"的下面所藏着的便是锋利的钓鱼钩。只要"你"一张口，便会大祸临头！

竹枝词九首

（其七）

刘禹锡

瞿塘嘈嘈十二滩①，人言道路古来难②。

长恨人心不如水，等闲平地起波澜。

[注释]

①瞿塘：指瞿塘峡，又称夔峡，长江三峡之一，西起重庆奉节白帝城，东至巫山县大宁河口。两岸山势险峻，水流湍急，号称天堑，古有"瞿塘天下险"之称。嘈（cáo 曹）嘈：这里形容水声嘈杂。十二滩：极言险滩之多，借以强化语势。
②人言：一作"此中"。

[点评]

竹枝词，又称巴渝词，原为四川东部一带的民歌，刘禹锡据之创作了两组以"竹枝"命名的新词。先作的一组为九首，后作的一组为二首。《竹枝词九首》之前有一小序，说明因为受到屈原《九歌》的启发，在学习民歌的基础上，诗人于长庆二年（822）任夔州刺史时，创作了这组词。这是其中的第七首。

诗人从声音嘈杂、处处险滩的瞿塘峡说起，因为人人都知道这是一条十分危险的水路。但此诗的关键所在是比险滩更可怕的世路。水路虽然有礁石险滩，但这是人所共知的，是可以提防的。而在这条布满暗箭的世路上，诗人苦楚凄凉地整整走了"二十三"年，吃尽了人心难测的苦头，往往在平白无故中遭到诬害——"长恨人心不如水，等闲平地起波澜"。没有因参与"永贞革新"失败被贬的切身体验和特定心态，他是难以写出这种带有哲理性的意味深长的诗句的。

此诗所蕴含的道理，本来是艰深和令人寒心的。它之所以能够流传人口，主要得益于对民歌的汲取和改造。

宫　词①

朱庆馀

寂寂花时闭院门，美人相并立琼轩②。

含情欲说宫中事，鹦鹉前头不敢言。

[注释]

①诗题一作《宫中词》。

②美人：这里既指容貌美好的宫女，也指自西汉设置、唐朝仍在沿称的妃嫔。

[点评]

从一般宫女熬成美人，仍然没有出路。两位美人见面，惺惺相惜,满腹幽怨,多么想彼此倾吐一番,然而不敢。因为在她们面前不仅有着像鹦鹉那样的巧言令色者,甚至还有告密者。她们不仅心理上受到摧残,人身也毫无安全可言,宫闱之可怕由此可见一斑。

翠碧鸟

韩 偓

天长水远网罗稀,保得重重翠碧衣。

挟弹小儿多害物,劝君莫近市朝飞。

[点评]

韩偓诗被称为唐末实录、诗史殿军,其诗大多有政治寓意,所写翎毛花木亦不例外。这首诗的后二句"挟弹小儿"云云,就讥刺以武力劫持皇帝和杀害朝臣的强藩。

酌酒与裴迪①

王 维

酌酒与君君自宽②，人情翻覆似波澜③。

白首相知犹按剑④，朱门先达笑弹冠⑤。

草色全经细雨湿，花枝欲动春风寒。

世事浮云何足问，不如高卧且加餐。

[注释]

①裴迪：今陕西吴中一带人，排行十，曾与王维一同隐居辋川，以诗酒唱和。

②"酌酒"句：当是化用鲍照《拟行路难》"酌酒以自宽，举杯断绝歌路难"之句意，用以安慰好友裴迪。

③"人情"句：当是化用陆机《君子行》"休咎相乘蹑，翻覆若波澜"句意，以之说明人情反复无常。

④"白首"句：此句中的"按剑"含有壮怀激昂之意。

⑤朱门：古代王公贵族的宅院大门漆成红色以示尊崇，故以"朱门"为贵家宅邸的代称。先达：在古代称有地位有声望的先辈为先达。弹(tán 谈)冠：这里是比喻准备出仕，亦即弹冠相庆的意思。

[点评]

从"朱门"句所用典事看,或许裴迪曾求托王维为其出仕援手,于是王维便引经据典地劝好友说:世道险要,人情反复无常,与其出仕,莫如隐居辋川,以诗酒相娱;再说我王维已身不由己地做了官,你若再出仕,咱俩是好友,岂不像当年的王吉和贡禹一样,贻笑于"朱门先达"之家!

放言五首①

（其三）

白居易

赠君一法决狐疑②,不用钻龟与祝蓍③。

试玉要烧三日满④,辨材须待七年期⑤。

周公恐惧流言日⑥,王莽谦恭未篡时。

向使当初身便死⑦,一生真伪复谁知。

[注释]

①这是一组政治抒情诗。唐宪宗元和十年(815),白居易被贬往江州途中所作。

②狐疑:遇事犹豫不决。据载,狐之为兽,其性多疑,每渡冰河,且听且渡。故言疑者,而称狐疑。

③钻龟:犹钻灼,古代的一种占卜方法。祝蓍(shī 失):古代

以蓍草占卜的一种方法。

④此句下原注："真玉烧三日不热。"

⑤此句下原注："豫章木生七年而后知。"

⑥日：一作"后"。

⑦初：一作"时"。

[点评]

　　五年前，白居易的好友元稹因开罪权贵被贬。为表达愤懑，他曾以《放言》为题，写诗五首奉赠白居易。五年后的元和十年(815)六月，白居易因上疏急请缉拿刺杀宰相武元衡的凶手，被定为越职言事之罪，贬任江州司马。此时此刻，他与当年元稹的心情完全一样，便以《放言》为题写了五首和诗，这是第三首。

　　"放言"的意思是不受拘束，任性而言。所以元、白说的都是自己的心里话。白居易的五首更胜一筹。特别是"其三"，堪称极富政治理趣的好诗。它说明"周公"和元、白都是或忠心耿耿、或直言敢谏的"真玉"良才，却受到了猜忌和贬谪；而篡汉之前表面"谦恭"的王莽竟被称誉有加，朝政和世道之昏庸黑暗于此可见一斑。然而时间是最可靠、最公正的，真伪优劣终会一清二白。"周公恐惧流言日，王莽谦恭未篡时"，是白诗中传诵人口的名句。

孤雁二首

（其二）

崔 涂

几行归塞尽，念尔独何之。

暮雨相呼失，寒塘欲下迟。

渚云低暗度，关月冷相随。

未必逢矰缴^①，孤飞自可疑。

[注释]

①矰缴（zēng zhuó 增浊）：猎取飞鸟的射具。缴是系在箭上的丝绳。

[点评]

宋元间词人张炎，因其《解连环·孤雁》一词而获"张孤雁"之称。但是张炎的这首词，显然是对崔涂此诗的隐括和敷衍。

以往多以为此诗是写羁愁离思，这当然不能说错，但是更应看到诗人以孤雁自况的惧害忧祸的心理。因为第七句的"矰缴"，是全诗中一个很关键的词，它可以引申为迫害人的手段。看来崔涂当时的心情，就像孤雁惧怕射杀它的弓箭一样，时时处处担心歹人对自己的暗算。

伉俪情深

曾经沧海难为水

离思五首

（其四）

元　稹

曾经沧海难为水②,除却巫山不是云③。

取次花丛懒回顾④,半缘修道半缘君。

[注释]

①关于此诗的题旨素有二说:一是为悼念亡妻韦丛而作,一说怀念与莺莺的一段风情。

②难为水:语出《孟子·尽心上》的"故观于海者难为水"之句。

③"除却"句:是对宋玉《高唐赋序》的隐括。

④取次:这里是草草的意思。花丛:代指女色。

[点评]

从此诗的写作时空看,将其理解为悼念韦丛而作,似乎更近腠理。因为韦丛卒于元和四年,此诗则作于次年作者贬官于江陵府士曹参军任上,当系痛定思痛之作。

首、二两句分别与《孟子·尽心上》和《高唐赋序》的关系,仅仅限于字面上的某种借取。元稹的意思是说,他与亡妻的关系,犹如沧海之水和巫山之云,其深情和动人是世间其他事物所无法比拟的。三、四句进一步说明,自己之所以对不管多么俊美的女子也懒得看一眼,那是修炼教义和对亡妻的思念所致。

"曾经沧海难为水,除却巫山不是云。"既是此诗的名句,也是悼亡和爱情诗中几难逾越的名言。但是后世对此二句的含义有所引申,并用以表现眼界至高和阅历至广等意蕴。

燕子楼三首①

白居易

满床明月满帘霜,被冷灯残拂卧床。

燕子楼中霜月夜,秋来只为一人长。

钿晕罗衫色似烟②,几回欲著即潸然。

自从不舞霓裳曲③,叠在空箱十一年④。

今春有客洛阳回⑤,曾到尚书墓上来⑥。

见说白杨堪作柱,争教红粉不成灰⑦?

[注释]

①这是一组和诗,原诗是白居易的友人张仲素所作,也是一

组三首。

②钿(tián 田,又读 diàn 店):用金翠珠宝等制成花朵形的首饰。晕(yùn 运):光影色泽模糊的部分。

③霓裳曲:《霓裳羽衣曲》的简称,亦即《霓裳羽衣舞》。唐代宫廷乐舞,著名法曲(唐玄宗所酷爱的、其声清而静雅的道观所奏之曲)。相传为唐开元中西凉节度使杨敬述所献,初名《婆罗门曲》,后经玄宗润色并制歌词,改用此名。其舞、乐和服饰都用以描绘虚无缥缈的仙境和仙女形象。

④十一年:当系"一十年"的误写或误传。

⑤今春:指元和十年的春天。有客:指白居易的友人张仲素(字绘之)。

⑥尚书:指武宁军节度使张愔(yīn 音)。但是历来有多种记载将张愔误作其父张建封。

⑦争教:怎教。红粉:原是女子的化妆品胭脂和铅粉,常被作为女子的代称。这里指张愔的爱妾、此诗的女主人公关盼盼。盼盼:一作"眄(miàn 面)眄"。

[点评]

兹将张仲素的三首原作移录于下,以便与白诗对读:"楼上残灯伴晓霜,独眠人起合欢床。相思一夜情多少,地角天涯未是长。""北邙松柏锁愁烟,燕子楼中思悄然。自埋剑履歌尘散,红袖香销已十年。""适看鸿雁洛阳回,又睹玄禽逼社来。瑶瑟玉箫无意绪,任从蛛网任从灰。"

张仲素在诗史上的地位,虽然远不能与白居易相比,但由于他的官职很高,其诗亦为人所爱重和称道。

题都城南庄

崔 护

去年今日此门中，人面桃花相映红。

人面不知何处去，桃花依旧笑春风。

[点评]

此诗有一段颇具传奇色彩的故事：唐人崔护举进士不第，清明日独游长安城南，见一花木绕宅之家。崔护叩门求饮，一女子以杯水相予，二人一见倾心。第二年，崔护再到此地，门墙如故，却已上锁，未见人之踪影，崔护于左扉题写此诗云云。

论者多以为上述"本事"不尽可信，但因诗中具有慨叹美好事物得而复失的深邃理趣，其中"人面桃花"作为成语已广为人知。

赠　婢

崔　郊

公子王孙逐后尘，绿珠垂泪滴罗巾[①]。

侯门一入深如海，从此萧郎是路人[②]。

[注释]

①绿珠：西晋石崇的歌妓，善吹笛，为石崇所宠。当时赵王司马伦专擅朝政，其宠臣孙秀仗势向石崇索取绿珠，石崇不依。孙秀力劝赵王杀石崇，结果石崇及妻子、亲戚十五人被杀。甲士逮捕石崇时，绿珠坠楼自尽。

②萧郎：本来是称呼萧姓男子或专称萧衍。这里指女子所爱恋的男子，也是此诗作者崔郊自指。

[点评]

这是一首本事诗，其"本事"大致是这样的：唐宪宗李纯元和年间（806—820）的秀才崔郊，其姑母有一婢，相貌端丽，与崔郊彼此爱恋，后被卖给襄州（今湖北襄阳）刺史于頔，崔郊思慕不已。一年寒食节，二人相遇不得交谈，婢女为之悲泣，崔郊便写了这首诗赠给她。后来于頔见到此诗为之所感，遂命婢女与崔郊同归。

与专写刻骨铭心之爱的角度有所不同，此诗是写所爱者被夺之悲哀,对夺人之爱的权贵骨子里痛加讥讽和针砭。但在写作上,诗人颇谙皮里春秋之法,即表面上不作任何评论而心里却有所褒贬,堪称怨而不怒,含而不露,意在言外,耐人寻味。

只要看到有姿色的女子,公子王孙便垂涎三尺,竞相追逐。诗人所爱恋的婢女也是身不由己。可以想见,她被卖掉时,也会像当年绿珠那样泪湿罗巾。美貌的女子一旦被权贵所得,庭院深深,难以再见天日,她心爱的人也难免像路人一样,彼此难以相认。

值得再加一提的是"侯门"句,此句由于道出了人间某些悲剧的根源而被提炼为"侯门如(亦作'似')海"的成语,用以比喻情人或好友因地位悬殊而疏远隔绝。

怨女痴想

何处相思明月楼

班婕妤三首

（其二）①

王　维

宫殿生秋草，君王恩幸疏。

那堪闻凤吹②，门外度金舆③。

[注释]

①此诗《河岳英灵集》选录，题作《婕妤怨》。

②凤吹：这里泛称箫、笙等宫廷细乐。

③金舆：贵者所乘饰金之车。这里指御辇。

[点评]

　　婕妤，一作倢伃。汉武帝时开始设置的妃嫔称号。班婕妤，西汉女文学家，名不详，今山西宁武一带人，东汉著名史学家班固祖姑。自少年才学出众，成帝即位之初被选入宫，俄而大幸，立为倢伃。后赵飞燕以微贱歌女入宫，因其体轻故名飞燕，善舞，甚得宠。班婕妤和许皇后失幸，许后被废。班氏恐久见危，求侍奉太后于长信宫。

　　这组诗当系作者失宠后，不得晋见君王所作。三首中，以此首略胜一筹。宫殿草长，御辇过门而不入。恩幸之疏薄，可想而知。

江南曲^①

李　益

嫁得瞿塘贾^②,朝朝误妾期。

早知潮有信,嫁与弄潮儿^③。

[注释]

①江南曲:乐府旧题,属《相和歌辞·相和曲》。

②瞿塘:指长江三峡之一的瞿塘峡,在今重庆奉节境内。贾(gǔ 古):商人。

③弄潮儿:指在沿海的江河涨潮时,在潮头做泅水、竞渡等活动的青春少年,也指驾驶木船的人。

[点评]

　　这首闺怨诗之所以为后世诸多诗评家所称赞,主要因为后二句无理而妙,荒唐之想,写怨情却真切。

竹枝词九首

（其二）

刘禹锡

山桃红花满上头①，蜀江春水拍山流②。

花红易衰似郎意，水流无限似侬愁③。

［注释］

①满上头：指山桃花满山遍野。

②蜀江：这里指四川境内的长江。

③侬（nóng 农）：我。

［点评］

　　唐穆宗长庆二年（822）刘禹锡任夔州刺史，这里流行以"竹枝"命名的民歌。此诗就是作者学习民歌所创作的优秀代表作之一。

　　诗运用比兴结合的手法，写一个女子在爱情受挫后的怨愁情绪。一、二句以江水拍打着开满红花的山峦而长流不息起兴；三、四句写郎君的情意却像红花那样容易凋谢，而"侬"的忧愁就像滔滔不绝的江水那样穷无无尽。好一个"痴心女子负心汉"的形象写照！

　　刘禹锡的这首小诗之所以被广为传唱和仿作，当与其含思婉转，对比兴手法的成功运用，意境鲜明、音节和谐又富于情韵密切相关。同时笔者也注意到,有论者将第一句的"满上头",解释为情郎曾为女子插戴了满头的山桃花,这里则理解为红花满山头,未知读者将作何选择。

赠内人①

张　祜

禁门宫树月痕过,媚眼惟看宿燕窠②。

斜拔玉钗灯影畔,剔开红焰救飞蛾。

[注释]

①内人:唐代长安教坊歌舞妓进入宫中承应的称"内人"。

②宿燕:一作"宿鹭"。

[点评]

这是一首寓意深曲的宫怨诗。"内人"是在皇帝跟前侍奉的人。她们一入宫禁深苑,就失去了自由,完全与外界隔绝。这位深夜不眠内人的俊美眼睛所看到的,只有宫苑中的燕巢。她心地善良,救出了扑向灯火的飞蛾。但与飞蛾处境类似的她,又有谁来搭救呢?

长门怨三首

（其二）

刘 皂

宫殿沉沉月欲分，昭阳更漏不堪闻[①]。

珊瑚枕上千行泪，不是思君是恨君[②]。

[注释]

①昭阳：这里以汉宫代指唐代官殿。

②"不是"句：此句中的两个"君"字或指唐德宗，因为作者刘皂是活动于贞元（785—805）期间的诗人。

[点评]

《长门怨》系乐府旧题。据载，汉武帝陈皇后名阿娇，被废居长门宫后以重金买司马相如作《长门赋》，抒写其愁思以感武帝，后人因之作《长门怨》曲。

这首诗别具一格，它虽然也以"千行泪"表明宫怨之深，但最后以"恨君"作结，大胆直率，不同凡响。

有的版本第四句附注云"一作'半是思君半恨君'"，这样写，看来虽然不够痛快，但仿佛更合乎情理——思"君"不得方恨"君"，这样的宫女，比"不是思君"的宫女，更加具有代表性。

杂诗三首

（其三）

沈佺期

闻道黄龙戍^①，频年不解兵。

可怜闺里月，长在汉家营^②。

少妇今春意，良人昨夜情^③。

谁能将旗鼓^④，一为取龙城^⑤。

［注释］

①黄龙：又名龙城，故址在今辽宁朝阳。

②汉家营：实际还是以汉代唐。

③良人：这里指丈夫，语出《孟子·离娄下》。

④旗鼓：旗和鼓本用于军队发号令，这里代指军队。

⑤龙城：又称龙庭，匈奴祭天、大会诸侯处。

［点评］

此诗题面虽云"杂"，但题内用意深，是一首具有浓重反战情绪的传世名作。

主人公是一位与丈夫分别多年的戍边军人的妻子，她一开口就埋怨边塞驻军多年不撤。接下去她虽然没有直接说是远戍和战乱破坏了其原本花好月圆的幸福生活，但是"可怜闺里月"以下四句,字字句句都是在数落战争的无情——不是吗? 同一轮明月,丈夫出征前她的感受当是月悄悄、人依依,日子过得十分甜蜜! 如今这轮温馨而多情的明月仿佛离她而去,远在边塞军营的上空,留给她和丈夫的只是年年岁岁、朝朝暮暮、无穷无尽的伤春怀远的无奈之情。

长相思①

白居易

汴水流②,泗水流③,流到瓜洲古渡头④。吴山点点愁⑤。　　思悠悠,恨悠悠,恨到归时方始休。月明人倚楼。

[注释]

①此调又名《吴山青》《相思令》《双红豆》等。《词律》《词谱》均以白居易此首为正体。

②汴水:这里指隋炀帝时所开凿的通济渠,因中间一段即古汴水,所以唐宋时便将通济渠东段统称为汴水、汴河或汴渠。

③泗水:源出今山东泗水县东蒙山南麓,四源并发,故名。至江苏淮阴入淮河,经大运河而入长江。

④瓜洲:古渡口名。原是长江下游的一个沙碛,泥沙逐渐淤积扩张,其状如瓜,故名。在今江苏扬州邗江区南,位于长江

北岸,与镇江隔江相望,地当大运河入长江处,向为长江南北水运交通要冲。

⑤吴山:一说指今杭州西湖东南的风景名胜之山;一说属于吴地的江南的群山。

[点评]

此词是写一个女子思念她离家远行的丈夫。她想,水流由汴入泗,再由泗入淮,后经大运河流入长江,这么遥远曲折的河水最终都流归大海。而人却离家日久,不见回还,所以连吴山都为之发愁。此为上片。

下片进一步写这位思妇的愁绪和怨恨那么无穷无尽。什么时候丈夫从外地归来了,她的忧愁和怨恨才能罢休!眼下,她只能在明亮的月光下倚楼相望。

长命女

冯延巳

春日宴,绿酒一杯歌一遍。再拜陈三愿:一愿郎君千岁,二愿妾身常健。三愿如同梁上燕,岁岁长相见。

[点评]

本来归于"何处相思明月楼"这类题材的诗,除了占比

重相当大的宫怨诗和类似于《十五的月亮》那种反映古代军
嫂特有情思的作品外，就是为数也不算少的同情痴心女子和
指斥负心汉的诗词作品。这首词又题作《薄命女》或《薄命
妾》，其实从此词的内容并不能断定这位天真善良的少女就
一定是红颜薄命者。但愿善有善报，她将遇到一位与其白头
偕老的如意郎君，而不是彩凤随鸦、事与愿违的婚姻悲剧。

梦江南二首

温庭筠

千万恨，恨极在天涯。山月不知心里事，水风
空落眼前花。摇曳碧云斜。

梳洗罢，独倚望红楼。过尽千帆皆不是，斜晖
脉脉水悠悠。肠断白蘋洲①。

[注释]

①白蘋洲：长有白蘋（俗称田字草）的水边小洲，此指昔日分
手之处。

[点评]

第一首写女子相思之苦，情景相生，颇富韵味。晏殊

《蝶恋花》"明月不谙离恨苦",即化用"山月不知心里事"句
意。

第二首写一个女子在江边从早到晚眼巴巴地等候情人
归来却最终失望的心理过程,委婉动人。语言清新流丽,在
温词中别具一格。

弃 妇

刘 驾

回车在门前①,欲上心更悲。路傍见花发,似
妾初嫁时。养蚕已成茧,织素犹在机②。新人应笑
此③,何如画蛾眉④。昨日惜红颜,今日畏老迟。良
媒去不远,此恨今告谁?

[注释]

①回车:被遣归娘家的车。
②素:与五色双丝细绢缣相对的白色生绢。
③新人:新娶的妻子。
④蛾眉:女子长而美的眉毛。

[点评]

这位女子由于操劳不顾打扮自己而过早地衰老,所以被
负心汉休弃。女了如此可怜,男子极端可恨!

游子思乡

万里归心对月明

山　中

王　勃

长江悲已滞，万里念将归。

况属高风晚，山山黄叶飞。

［点评］

　　以往人们在解读此诗时，每每与宋玉《九辩》悲秋念归的名句相联系，这是有理由的。因为王勃的这首诗，就题旨而言也不外乎游子逢秋、乡愁倍增之意。

　　虽然诗的前两句着重抒发久客思归之情，而后两句则写秋风扫落叶之景，但由于这情是诗人亲自所感，这景是诗人亲眼所见，又互为因果地交织在一起，堪称是真正意义上的情景交融。

　　假如将四句诗从中间切开，摆到天平上，前后的重量会是不同的，所以把它归到"游子思乡"一类。

寒　塘①

赵　嘏

晓发梳临水,寒塘坐见秋②。

乡心正无限,一雁度南楼。

[注释]

①此首一作司空曙诗,疑误。
②坐:由于,因为。

[点评]

　　此诗向来以"浑成"和"层深"而著称,"一雁度南楼"句尤为传诵人口。南宋陈允平曾写过一首调寄《塞垣春》的词,其中有"渐一声雁过南楼也"之句。虽然这里的"雁过南楼",是与赵嘏诗中不同的北飞之雁,但同样可以说陈允平的这首词是受了赵嘏此诗的影响,只不过是对"一雁"句的反意隐括而已。

除夜作

高 适

旅馆寒灯独不眠,客心何事转凄然①?

故乡今夜思千里②,霜鬓明朝又一年。

[注释]

①客:诗人自指。

②故乡:指家乡的亲人。千里:指千里以外的诗人自己。

[点评]

有专家将此诗厘定为唐玄宗天宝九年除夕(751年1月31日)所作。因为这年秋季高适曾因公差赴范阳(今属河北),归途中逢除夕,独宿旅馆,思念故乡亲人,感叹岁月蹉跎而作此诗。

历代评论家几乎异口同声地称道此诗其味无穷,明明是诗人思念故乡亲人,而写作亲人思念千里之外的自己,从而将思归之旨,别有意趣地称为念远之情。

逢入京使

岑 参

故园东望路漫漫,双袖龙钟泪不干。

马上相逢无纸笔,凭君传语报平安。

[点评]

天宝八年(749),岑参首次赴西域,途中遇到一位返京的使者,又恰恰是自己的熟人,便托他给彼此牵挂的家人带个平安口信,遂写了这首诗。"故园",这里是指与诗人西行出塞方向相反的都城长安。离家远行在戈壁荒漠之中,本来就容易伤感,何况意外地碰到了一位老相识。话说老乡见老乡,两眼泪汪汪,所以第二句的"泪不干",洵为人之常情。

大凡读诗和写诗的人往往有这样的感受:愈是把人人心里所想、口里要说的家常话,借助艺术功力概括提炼为诗句,愈能使人感到亲切有味。这首诗就是这样,它丝毫不加雕饰,即使是脱口而出的人人胸臆中语,在读者的心目中却成绝唱。

秋 思

张 籍

洛阳城里见秋风,欲作家书意万重。

复恐匆匆说不尽,行人临发又开封。

[点评]

　　王安石有两句经常被人征引的诗句:"看似寻常最奇崛,成如容易却艰辛。"这恰恰是针对张籍诗而说的,此诗亦属既"寻常"又"奇崛"之作。遇秋思乡,从而托人捎封家信,这是再"寻常"不过的事;说它"奇崛",则是指这封家书极不寻常的写作过程,和封好又拆的极为细腻的心理活动。"行人临发又开封",这是多么传神而又感人的细节啊!

　　此诗的后两句尤为人所激赏。沈德潜说:"亦复人人胸臆语,与'马上相逢无纸笔'一首同妙。"诚然。

游子思乡·万里归心对月明

⊙

83

与浩初上人同看山寄京华亲故①

柳宗元

海畔尖山似剑铓②,秋来处处割愁肠。

若为化得身千亿③,散上峰头望故乡④。

［注释］

①浩初上人:作者的一位佛教界的友人。上人:上德之人。
佛教谓内有德智、外有胜行、在人之上者为上人。唐人多以
僧为上人。

②剑铓:剑的尖锋。

③"若为"句:若为是怎能的意思。此句用佛教的化身之意,
即谓佛能随时变化为种种形象,名为"化身",并称佛教始祖
释迦牟尼为"千百亿化身"。化得:一作"化作"。

④散上:一作"散向"。

［点评］

　　诗人于元和十年突然被召回京,原以为从此会有被起用
的希望,但是遭到有些朝官的反对,回长安仅仅一个月就被
贬为柳州刺史。此事对柳宗元的打击可想而知,这就是此诗
的创作背景。

　　愁眼看山,海边上那突兀而起的山峰,仿佛一柄柄利剑,

多想用它来割除自己的满腹愁肠。转念一想,佛教不是有"化身"之法吗? 一身化作千百亿,无不心切尽思乡。京城的亲友得知了这一切,想必会引起共鸣和同情,从而伸出援引之手!

题金陵渡[①]

张　祜

金陵津渡小山楼[②],一宿行人自可愁。

潮落夜江斜月里,两三星火是瓜洲[③]。

[注释]

①金陵渡:据专家的详细考证,此诗中的"金陵"指润州(今江苏镇江)。金陵渡,即镇江之西津渡。
②小山楼:指作者当时寄居之处。
③瓜洲:在今江苏仪征以南的长江北岸,隔江与金陵渡相望(详见白居易《长相思》注释④)。

[点评]

　　此诗第二句中的"行人",指的不是一般的行走之人,而是专指奔波于他乡的游子,在这里也当是诗人自指。诗的后两句写的就是游子动身赶路时所看到的拂晓前的江天景色,也是极为人所称赏的名句。特别是最后的"两三星火是瓜洲",这既是千真万确的实景,又多么空灵潇洒、点染有致、富有诗情画意啊!

旅次朔方①

刘 皂

客舍并州已十霜②,归心日夜忆咸阳。

无端更渡桑干水③,却望并州似故乡。

[注释]

①诗题一作《渡桑干》,作者一作"贾岛",疑误。旅次:旅途中暂住的地方。朔方:这里指北方。

②并(bīng 兵)州:今山西太原之别称。已:一作"数"。

③更:一作"又"。桑干水:指桑干河,在今河北西北部和山西北部,为永定河上游。相传每年桑葚成熟时河水干涸,故名桑干。

[点评]

此诗写思乡之情,自辟蹊径,不落窠臼。短短四句刻画出四种不同心态,说明作者既有切实的生活体验,又有得心应手的文字功力。

客居太原已整整十年。十年来,日日夜夜盼望回到故乡咸阳!万万没有想到还要渡过桑干河,到离故乡更加遥远的地方去。此时此刻回首望并州,并州竟像故乡一样备感亲切和留恋。

兼示符离及下邽弟妹①

白居易

时难年荒世业空②,弟兄羁旅各西东。

田园寥落干戈后,骨肉流离道路中。

吊影分为千里雁③,辞根散作九秋蓬④。

共看明月应垂泪,一夜乡心五处同。

[注释]

①本诗原题为《自河南经乱,关内阻饥,兄弟离散,各在一处。因望月有感,聊书所怀,寄上浮梁大兄、於潜七兄、乌江十五兄,兼示符离及下邽弟妹》。诗题如同小序,交代了作诗的缘起、题旨及寄赠对象等。其中的"浮梁大兄",指作者的长兄白幼文,时任浮梁(今属江西景德镇)主簿;"於潜七兄",指作者叔父的长子,时任於潜(今属浙江临安)县尉;"乌江十五兄",指作者的从祖兄白逸,时任乌江(今属安徽和县)主簿;"符离",即今安徽宿县以北的符离集,作者与其母曾寓居于此;"下邽(guī 圭,今属陕西渭南)"是指作者的祖籍。此时作者尚有弟妹寓居符离和下邽。

②世业：这里指先辈遗留下来的产业。

③"吊影"句：意谓兄弟分散，有如形单影只的孤雁。吊影：对着身影自我怜惜或哀叹。千里雁：借指兄弟分散。这里是由语出《诗经·郑风·大叔于田》的"雁行"引申而来，意思是说兄长弟幼，年齿有序，如雁之平行而有次序。

④"辞根"句：意谓像深秋离根的飞蓬那样四处飘零。

[点评]

　　此诗当作于贞元十五年（799）作者奉陪母亲居洛阳之时。诗题所谓"河南经乱，关内阻饥"，分别指朱泚、李希烈之乱和陕西关中大饥。作者避难江南，远离下邽。兄弟离散，他在洛阳，于中宵望月，怀念下邽而作是诗。

　　全诗一气贯注，句句诉说思乡念亲之情，最后以"一夜乡心五处同"一句，将乡情和亲情水乳交融，分外感人。

睹物思人

每逢佳节倍思亲

相　思①

王　维

红豆生南国②，春来发几枝。

愿君多采撷③，此物最相思。

[注释]

①诗题又作《相思子》《江上赠李龟年》。相思：这里当指相思树所结的相思子。

②红豆：相思子的又名，其豆圆而红，一端黑色，或有黑色斑点。这里当主要用以象征相思。

③愿：一作"劝"。多：一作"休"。采撷(xié 携)：采摘。

[点评]

　　这是唐诗中最为家喻户晓的小诗之一，但又不仅是一首爱情诗，还是一首吟唱相思子的有寄托的咏物诗。对此诗历来有这样两种不同的理解：

　　一是范摅《云溪友议》所云：安史之乱中，梨园乐师李龟年流落江南，曾于湘中采访使席上歌此诗，满座无不为之叹息。类似的理解后世亦不乏其人。这显然是把"相思"和"红豆"作为一种赤诚友爱，甚至是故国之思的象征。

　　二是任昉《述异记》上所云：战国时，魏国一女子因思念久成不返的丈夫而死。葬后坟上生木,枝叶皆向丈夫所在的方向倾斜,被称为相思木。王维托物言情而写成这首爱情诗。

笔者之所以将此诗归于"睹物思人"这一类,就是认为王维此诗原是寄赠远在南国的友人的,希望他也像多情的相思子那样想念自己,而自己对友人的相思则尽在不言中。

九月九日忆山东兄弟①

王　维

独在异乡为异客,每逢佳节倍思亲。

遥知兄弟登高处,遍插茱萸少一人②。

[注释]

①诗题下有原注云:"时年十七。"可见此系王维之少作。山东:指华山以东作者的故乡蒲州(今属山西)。

②茱萸:一种有浓烈香气、且可入药的植物。古代风俗,阴历九月九日重阳节佩戴茱萸囊登高,以为可以避灾祛邪(详见《续齐谐记》)。

[点评]

如果不知道此诗题下有"时年十七"的原注,人们很难想到它出自一位十七岁的少年之手。他从遥远的故乡来到繁华的都城,不但没有产生那种类似于此间乐、不思乡的昏庸之想,反倒有着少年老成般的乡情和亲情。成熟老练的思想使这位身为长兄的"小大人儿",以极为纯朴自然的诗句道出了人之常情——"每逢佳节倍思亲",也就成了表达游子思乡之情的警策和格言。

作为一首只有四句的小诗,前两句已成为掷地有金石之声的警句。在这样的创作背景下,后两句往往难以为继。然而,王维很会选取和运用细节,从弟弟们佩戴着茱萸登高时想念兄长的心理感受出发,又写出了别具一格的后两句,使整首诗既有高度的概括功力,又有生动传神的心理描写。

玉关寄长安李主簿①

岑 参

东去长安万里余,故人何惜一行书?
玉关西望堪肠断②,况复明朝是岁除③。

[注释]

①玉关:即玉门关,因西域输入玉石取道于此而得名,故址在今甘肃敦煌西北一带。主簿:汉代以来的官名,一度为统兵开府大臣幕府中的重要僚属,参与机要,总领府事。唐宋以后,这一官名尚存,职位渐轻。这里指作者的一位担任主簿的李姓老友。

②肠断:形容悲伤至极。

③岁除:年终,意谓旧岁将尽。

[点评]

　　岑参于天宝八年(749)首次西行出塞,恰在年终到达玉门关。此地离家室、故人所在的长安竟有万里之遥,令其倍生思乡怀友之情,便写了这首诗权代书简,寄奉远在长安的老友。

　　因为是以诗代柬,所以文字不假雕饰,明白如话,一气呵成,直抒胸臆,友谊乡情愈感浓重。

十五夜望月①

王　建

中庭地白树栖鸦②,冷露无声湿桂花。

今夜月明人尽望,不知秋思落谁家③。

[注释]

①诗题一作《十五夜望月寄杜郎中》。十五夜:指中秋夜。

②地白:指在月光照耀下满地银白。树栖鸦:鸦鹊已安静地栖息于树。

③秋思(sì 四):这里指中秋怀人的思绪。

[点评]

这是一首题咏中秋的名篇。其最受称道的主要有两点：一是用形象化的语言创造出了一种月圆之夜倍思亲的特定意境；二是第四句妙在"不说明己之感秋"，这句话的意思是说，明明是诗人自己在思念友人，却以问作结，遂使短诗含蓄不尽，余音袅袅。

看来这也是一首以诗代柬之作，每一句都能诱发人的联想，这就为对方留下了酬答的广阔余地。

江楼感旧

赵　嘏

独上江楼思渺然，月光如水水如天。

同来望月人何处？风景依稀似去年。

[点评]

人们每每有这样的体验：当你与亲朋一道一面游赏观景，一面谈天说地，或是互诉衷肠，那当是多么惬意、动情之时。特别是与你共同赏月之人，那是永远也不会忘怀的。看来，此诗作者就曾有过这样的生活体验。

仅仅一年之后，当他旧地重游时，风景与去年没有什么两样，但却人事已非。眼下只有他一人独自登楼"望月"，他怎么能不"感此怀故人",又怎能不倍加伤心!此诗就是将这样两种完全不同的感情体验诉诸诗情画意,从而激起了读者的共鸣。

过故人庄

孟浩然

故人具鸡黍①,邀我至田家。

绿树村边合②,青山郭外斜。

开轩面场圃③,把酒话桑麻。

待到重阳日,还来就菊花。

[注释]

①鸡黍:语出《论语·微子》,"(丈人)止子路宿,杀鸡为黍而食之"。后来"鸡黍"就指招待客人的饭菜。

②"绿树"句:意谓村庄被绿树环抱。

③开轩:一作"开筵"。场圃:指打谷场和菜园子等农家场景。

[点评]

这首被认为是"淡到看不见诗"(闻一多语)的诗,却为诸多诗评家所赏识。比如有说它"句句自然,无刻画之迹"

的,有称它比"妙品""神品"更进一步为"逸品"的。

此诗没有华丽的辞藻,却将恬静秀美的农庄风光和淳朴真挚的情谊描写得意味深长,耐人寻味。

云阳馆与韩绅卿宿别①

司空曙

故人江海别②,几度隔山川。

乍见翻疑梦,相悲各问年。

孤灯寒照雨,湿竹暗浮烟③。

更有明朝恨,离怀惜共传。

[注释]

①云阳:今陕西泾阳以北一带。韩绅卿:原作"韩绅",一作"韩升卿",兹从诸学者之新见。

②江海别:指相距三江四海的远别。

③湿竹:一作"深竹"。

[点评]

此诗以最简练的笔墨,不加烘托,其所勾勒出的形象却极为鲜明生动,从而将天涯久别、客中乍逢的复杂情绪表达得淋漓尽致,在同类诗中别具一格。

夏日南亭怀辛大

孟浩然

山光忽西落，池月渐东上。散发乘夕凉，开轩卧闲敞。荷风送香气，竹露滴清响。欲取鸣琴弹，恨无知音赏。感此怀故人，中宵劳梦想。

[点评]

由"散发"的两种义项，说明此诗是写作者隐居生活中的闲情逸致；而从"欲"以下四句看，则又流露出知音难得的寂寞之感和夜半怀人的殷切梦想。这也正是反映了作者归隐和出仕两种思想的矛盾。

"荷风送香气，竹露滴清响"，堪称好景妙句。此二句与作者的其他传世名句，在当时即被叹为"清绝"，有论者甚至以为"此等句当与日星河岳同垂不朽"。

边塞之音

不教胡马度阴山

和张仆射塞下曲六首①

（其二、其三）

卢　纶

林暗草惊风,将军夜引弓。

平明寻白羽②,没在石棱中。

月黑雁飞高,单于夜遁逃③。

欲将轻骑逐④,大雪满弓刀。

[注释]

①张仆射(yè 夜):仆射,在唐宋为宰相之职。关于张仆射的
具体所指有二说:一说为张延赏;一说为张建封,兹拟从后
说。诗题又作《塞下曲六首》。

②平明:指天刚亮的时候。白羽:指饰有白色羽毛的箭。

③单(chán 婵)于:古代匈奴的君主,这里代指来犯者的最高
统帅。

④将(jiāng 江):带领。轻骑(jì 寄):轻装的骑兵。

[点评]

　　前一首"林暗"句之所本,是所谓"云从龙,风从虎"的传
说,意谓风行草动,看上去在"林暗"之处,仿佛隐藏着一只

虎。此诗实际上是隐括了这样一段故事："广出猎,见草中石,以为虎而射之,中石没镞,视之石也。"(《史记·李将军列传》)

哥舒歌①

无名氏

北斗七星高,哥舒夜带刀。

至今窥牧马,不敢过临洮②。

[注释]

①哥舒:即哥舒翰,突厥族,世居安西(今属新疆)。家富任侠,好书史,知谋略。官至陇右节度使兼河西节度。安史之乱中,受命守潼关。兵败被俘,尝受伪职,后为安庆绪所杀。②临洮:治所在今甘肃岷山,当时已置洮阳郡以备边。

[点评]

天宝末,哥舒翰统兵击败吐蕃,这首民歌就是颂扬其战功的。诗以"北斗七星"起兴以比哥舒宝刀,正体现了民歌的本色。接下去的"至今窥牧马"二句,意谓我国北方少数民族统治者每每于秋高气爽之时南下牧马,借以窥探内地之虚实,以进行骚扰。但由于哥舒翰的震慑,吐蕃便不再敢南下侵扰。

出塞二首①

（其一）

王昌龄

秦时明月汉时关，万里长征人未还。

但使龙城飞将在②，不教胡马度阴山③。

［注释］

①诗题又作《塞上行》《塞上曲》《从军行》，兹从《乐府诗集》题作《出塞》。

②龙城飞将：指矫健敏捷、威震龙城的飞将军。具体所指有二说：如把龙（亦作茏）城作为曾是匈奴祭天、大会诸侯之地，那么汉之车骑将军卫青曾威震龙城；如以匈奴号曰李广为飞将军，那么"龙城"又应为"卢城"。看来当以不必确指为宜。

③阴山：即今内蒙古南境之阴山山脉，汉时匈奴常度此山南扰。

［点评］

　　此诗曾被论者赞为"神品"和唐人绝句的压卷之作。

　　首二句以思接千代、神驰万里之笔，将眼下之"关、月"与"秦、汉"之战事相联系，且从思妇念远的角度写起，尤为情深韵长，宜于歌唱，便于传播。

次二句意谓:只要有骁勇善战又体恤兵士的飞将军在,就可平息边烽,征人返乡,以享天伦。

征人怨

柳中庸

岁岁金河复玉关,朝朝马策与刀环①。

三春白雪归青冢②,万里黄河绕黑山。

[注释]

①马策:马鞭。刀环:原指刀柄上的铜环,这里代指战刀。
②青冢:汉王昭君墓。相传冢上草色常青,故名。

[点评]

这是一首以精工别致著称的边塞小诗。"征人"有家难回的一腔怨情,通过时间的流逝和画面的组合,恰如其分地展现在读者面前,且发人深思。第一句说年年岁岁、从东到西,长途奔波;第二句意谓朝朝暮暮、骑马佩刀,征战不休。只此两句便令人深切地感到"征人"的怨情,无时无处不在。三、四句是用画面说话:就像那年年白雪归青冢和黄河永远绕黑山一样,"征人"不可能有远离这边塞苦寒之地的希望。

杨慎只夸奖此诗的"四句都对",其实它白、青、黄、黑的色彩搭配,未尝不是"征人"不幸命运的象征。

塞下曲

李　益

伏波惟愿裹尸还^①,定远何须生入关^②。

莫遣只轮归海窟^③,仍留一箭射天山^④。

［注释］

①伏波:西汉已有的将军名号。伏波的意思是,船涉江海,欲使波涛平息。这里指东汉的伏波将军马援,人称马伏波。裹尸还:与成语马革裹尸的意思相同,意谓战死沙场后,用马皮将尸体包裹起来,运回家乡殡葬。

②定远:原是城市的名称。东汉班超被封为定远侯,故以"定远"代指班超。班超在边地,年迈思归,曾上书皇帝称:"臣不敢望到酒泉郡,但愿生入玉门关。"

③只轮:一只车轮。此句的意思是全歼敌军,不使匹马只轮逃归。海窟:海一样的沙漠窟穴,指敌军的老窝。

④一箭射天山:化用薛仁贵在天山,连发三箭射杀来犯突厥者三人,余部请降之事,以表达将士防守边关的决心。这里言"一箭",可见武艺更为高强。

［点评］

　　此诗通过汉代的马援、班超及唐代的薛仁贵三位安边名将事迹的正、反隐括,抒发从军将士舍己报国的豪迈之志,很能鼓舞人心。这在中唐边塞诗中,诚为难能可贵。

出　塞

马　戴

金带连环束战袍,马头冲雪过临洮①。

卷旗夜劫单于帐②,乱斫胡兵缺宝刀③。

[注释]

①临洮:这里当泛指我方要塞。

②单于:这里泛指敌酋。

③斫(zhuó 酌):砍杀。缺:这里指折(shé 舌)或残缺的意思。

[点评]

　　看来这里所描写的是一次雪夜偷袭:将士们着装考究,战袍用金带束了又束,以便行动。他们顶风冒雪骑马进入敌占区,待机而行——这是前两句的意思。后两句意谓在夜间偃旗息鼓偷袭敌酋的军帐时,与胡兵展开了肉搏,由于一个劲地砍杀敌人,致使他们的宝刀都缺损了。

　　马戴虽属晚唐诗人,但这首诗所体现的完全是一种大气磅礴的盛唐气象。

和李秀才边庭四时怨

（其四）

卢汝弼

朔风吹雪透刀瘢[①]，饮马长城窟更寒[②]。

半夜火来知有敌，一时齐保贺兰山。

[注释]

①刀瘢：指戍卒身上留下的战刀伤疤。
②"饮马"句：是汉乐府诗《饮马长城窟行》及陈琳同题诗首二句"饮马长城窟，水寒伤马骨"的隐括，而环境更为苦寒。

[点评]

　　战士受伤不下火线，仍然戍守在极为艰苦的环境之中。哪怕是深更半夜，一旦烽火传来敌情，他们便同仇敌忾，一齐奋起，誓保阵地和江山！有这样的战士在，不论是"阴山"，还是"贺兰山"，敌人只能望而生畏，休想越过一步！如果不知道作者是唐末人，只是就诗论诗的话，很容易将此诗看成是盛唐边塞诗。胡应麟曾称它的作者为"盛唐高手"，因为此诗的确"语意新奇，韵格超绝"，具有盛唐气象。

观　猎①

王　维

风劲角弓鸣，将军猎渭城②。

草枯鹰眼疾，雪尽马蹄轻。

忽过新丰市③，还归细柳营④。

回看射雕处，千里暮云平。

[注释]

①诗题一作《猎骑》。

②渭城：本秦都咸阳，汉代改称渭城，治所在今陕西咸阳东北，南临渭水，故名。

③新丰：汉代县名，治所在今陕西临潼东北。汉高祖定都关中，因太公思归故里，便于故秦骊邑仿丰地街巷筑城，并迁故旧居此以娱太公，遂改名新丰。

④细柳：古地名，在今陕西咸阳西南渭河北岸，周亚夫屯兵于此。汉文帝亲往劳军，至军门，甲士戒备森严，被阻不得驰入。文帝使使持节诏将军，周亚夫才传令开壁门，请宣帝按辔徐行而入。后人因称军营纪律严明者为"细柳营"。

[点评]

　　论者多以此诗为王维早期所作，诚是。几乎每一句都为人所激赏:首句突兀而起,先声夺人,被称为"直如高山坠石,不知其来,令人惊绝"。颔、颈二联精散结合,浓淡相济。前者体物精细,字锤句炼;后者流丽自然,令人有瞬息千里之感,"将军"风采于此可见一斑。

这位"将军"不仅是身怀绝技的"射雕手",而且像当年的周亚夫那样,是治军有方、声望很高的统帅。由这样的人物带兵,"胡马"岂能度过"阴山"?

使至塞上

王　维

单车欲问边^①,属国过居延^②。

征蓬出汉塞^③,归雁入胡天。

大漠孤烟直,长河落日圆^④。

萧关逢候骑^⑤,都护在燕然^⑥。

[注释]

①单车:轻车简从。问边:视察边关。

②属国:指存其国号而属汉朝者,叫作属国。此处系以汉喻唐。过:指超过而不是经过。居延:汉置县名,今属内蒙古。

③征蓬:飞蓬随风飘摇,比喻行踪不定,这里是诗人自指。

④孤烟直:一说指燃烧狼粪的烽烟;一说是一种自然现象,它

是沙漠旋风旋起浮尘所形成的烟柱。长河:一说既不是指黄河,亦非泛指,而是指发源于甘肃省祁连山主峰的弱水河。

⑤萧关:由关中通向塞北的交通要道,故址在今宁夏固原东南。候骑(jì寄):担任通信或侦察任务的骑兵。

⑥都护:边地最高长官的名称,这里指河西节度使。燕然:山名,即今蒙古境内的杭爱山。东汉窦宪破匈奴后,曾至燕然山刻石记功。这里是暗示唐军在前线的胜利。

[点评]

唐玄宗开元二十五年(737),王维以监察御史身份奉使凉州(治所在今甘肃武威),这首诗便是他此次出塞途中所作。诗中以声威远播的汉帝国比喻和歌颂唐王朝的强盛,充满了浪漫气息和自豪感,与作者后期的田园诗风格迥然不同。

此诗最受称道、影响最大的是颈联"大漠孤烟直,长河落日圆",王国维将其誉为"千古壮观"之名句。

穆陵关北逢人归渔阳①

刘长卿

逢君穆陵路,匹马向桑干②。

楚国苍山古,幽州白日寒。

城池百战后,耆旧几家残③。

处处蓬蒿遍,归人掩泪看。

[注释]

①穆陵关:穆,一作"木"。故址在今湖北麻城北。渔阳:郡治在今天津蓟县。

②桑干:即永定河上游的桑干河,这里指诗中友人的家乡渔阳。

③耆旧:指年高而有声望的人。

[点评]

　　唐人批评刘长卿的诗"思锐才窄",给人以雷同感,此见不为无据。但他所致力的近体,尤其是五律的成就还是较为突出的,他自称"五言长城",有人也是认可的。

　　证之以此诗,其长处除体现作者对国事民瘼的深切关注,它的颔联"楚国苍山古,幽州白日寒",更是曾引起广泛兴趣和议论的名句。但是,这首诗同样也证明了"落句"多雷同的疵病。

没蕃故人①

张　籍

前年戍月支②,城下没全师。

蕃汉断消息,死生长别离。

无人收废帐,归马识残旗。

欲祭疑君在,天涯哭此时。

[注释]

①蕃(fān 帆):古时对外族的通称。所谓"九州之外,谓之蕃国"。

②月支:即月氏(zhī 支),唐代曾设督府于此。

[点评]

此诗的具体写作时间虽难以确定,但从其内容看,显然是写于安史之乱以后、唐与吐蕃的不断交战之时。诗既是对故友的沉痛悼念,也是对战争的真实写照和非议。

出　塞

王　维

居延城外猎天骄②,白草连天野火烧③。

暮云空碛时驱马④,秋日平原好射雕。

护羌校尉朝乘障⑤,破虏将军夜渡辽⑥。

玉靶角弓珠勒马⑦,汉家将赐霍嫖姚⑧。

[注释]

①诗题一作《出塞作》,题下原注云:"时为御史监察塞上作。"

②居延:古边塞名,故地今属内蒙古。汉武帝太初三年(前102)伏波将军路博德筑城于居延泽上,以遮断匈奴由此侵入河西之路,故又名遮虏障。天骄:即"天之骄子"的略语。汉代匈奴自称天之骄子,意谓为天所娇宠,故极强盛。这里指强盛的边地民族。

③白草:一种牧草。老而泛白,枯而不萎,极为坚韧。

④碛(qì荠):原指浅水中的沙石,这里引申为沙漠。

⑤护羌校尉:汉代的官名,职掌西羌事务,后改称凉州刺史。乘障:这里当指登上又名遮虏障的居延城,观察敌情。

⑥"破虏"句:意谓武官在夜间指挥涉水击敌。

⑦玉靶:饰玉的缰绳。角弓:用角装饰的弓。勒:套在马头上带嚼口的笼头。此三种华贵之物,均为天子赏赐有功将帅的奖品。

⑧嫖(piào 票)姚:字面上是勇健轻捷的意思。汉骠(piào 票)骑将军霍去病曾官嫖姚校尉。这里以征匈奴有绝漠之功的霍去病代指唐将。

[点评]

　　本诗最后一句以"霍嫖姚"代指的这位唐将是谁呢? 诗题下的原注"时为御史监察塞上作"提供了线索——在王维的履历中,玄宗开元二十五年秋,他曾以监察御史的身份出使凉州,为的是宣慰河西节度副大使崔希逸战吐蕃获胜的殊勋。诗即缘此事而作。

春花秋月

日出江花红胜火

鸟鸣涧

王　维

人闲桂花落，夜静春山空。

月出惊山鸟，时鸣春涧中。

［点评］

　　《皇甫岳云溪杂题五首》是作者题友人所居的组诗，而本诗则是五首之一。有鉴于此，作为"诗中有画"的王维此诗，当不是那种只注重神态的表现和抒发自身情趣的所谓"写意"之作，而是一种对云溪特有风光的"写生"画。因此，首句的"桂花"是实有的春桂，所以此诗不存在秋桂与"春山"和"春涧"的龃龉不合的问题。

　　这首诗的特点还在于以花落、月出、鸟鸣等富有生机的动景，衬托得月夜中的春涧更显幽静迷人，成功地运用了艺术中的辩证法。

月　夜①

刘方平

更深月色半人家,北斗阑干南斗斜②。

今夜偏知春气暖,虫声新透绿窗纱。

[注释]

①诗题一作《夜月》。
②阑干:形容横斜的样子。

[点评]

　　诗的前两句描写月夜的静谧颇具绘画美,但是更令人耳目一新的还是后两句,将寒去春来的讯息通过"虫声"传递出来,与苏轼的"春江水暖鸭先知"有异曲同工之妙,然而却比苏诗早了几百年。

采莲曲二首

（其二）

王昌龄

荷叶罗裙一色裁，芙蓉向脸两边开。

乱入池中看不见^②，闻歌始觉有人来。

［注释］

①芙蓉：即芙蕖，荷花的别称，与木芙蓉不同。
②乱入：混入，杂入。

［点评］

　　试想：有谁在初秋送爽之时，置身于百亩荷塘？那田田荷叶、艳艳莲花，会给你何等的赏心悦目之感！况且采莲姑娘的绿色罗裙和红润的脸蛋，又与自然美景和谐地融为一体，再加上动听的歌声，此情此景，有谁不说它远胜春朝的呢？

　　有论者不仅指出，此诗的前二句其意系本于南朝梁元帝《碧玉诗》的"莲花乱脸色，荷叶杂衣香"，并评论此诗曰：向脸字却妙，似花亦有情。乱入不见，闻歌始觉，极清丽。

枫桥夜泊①

张　继

月落乌啼霜满天②,江枫渔火对愁眠③。

姑苏城外寒山寺④,夜半钟声到客船。

[注释]

①诗题一作《夜泊枫江》。枫桥:在今江苏苏州西郊。

②霜满天:这里写的是一种寒气弥漫的感觉。

③愁眠:指抱愁而卧的舟中羁旅者。对愁眠,意谓伴愁而眠。

④姑苏:苏州的别称,因西南有姑苏山而得名。寒山寺:在今
苏州阊门外枫桥镇。始建于南朝梁,初名妙利普明塔院。相
传唐诗僧寒山、拾得曾在此住持,遂更名寒山寺。寺屡建屡
毁,现存建筑均为清末重建。寒山寺因张继此诗而名扬天下。

[点评]

　　诗是写作者夜泊枫桥时,目睹、耳闻以及亲身感受到的
古刹秋日的诗意之美。两联皆为名句,历来脍炙人口。

　　但诗人感受最深的一句"夜半钟声到客船",千余年来,
却在夜半是否有钟声的问题上聚讼纷纭。后来不仅有论者
指出,在《南史》中即有夜半钟的习俗,在创作中更有"遥听
缑山半夜钟"、"新秋松影下,夜半钟声后"等可作印证。

三日寻李九庄

常　建

雨歇杨林东渡头,永和三日荡轻舟①。

故人家在桃花岸②,直到门前溪水流。

［注释］

①"永和"句:用兰亭修禊(xì 细)事。东晋穆帝永和九年(353)三月三日,王羲之与谢安、孙绰等四十一人,在山阴(今浙江绍兴)兰亭水边嬉游,以消除不祥,叫作"修禊"。此句紧承上句,诗人感到眼前的景色就像当年兰亭周围的山水一样美不胜收。

②桃花岸:用桃源故实。东晋陶潜所作的《桃花源记》中说,有渔人从桃花源入一山洞,见秦时避乱者的后代聚居于此,日子过得很安逸。出来以后,再也找不到原处。后来用以指避世隐居之处。这里用以说明李九是位隐士。

［点评］

　　前人曾谓此诗"自有情致,亦有法,所以佳"。题目中的"寻"字为本诗打了一个伏笔,诗人并未去过李九庄,而是根据友人提示去寻访,并由此得出诗意的联想。

兰溪棹歌①

戴叔伦

凉月如眉挂柳湾，越中山色镜中看②。

兰溪三月桃花雨，半夜鲤鱼来上滩。

［注释］

①兰溪：即今浙江兰溪。棹(zhào 罩)歌：船歌。

②越中：兰溪市在今浙江中部(偏西)，故称越中。镜：指清澈见人的兰溪水。

［点评］

这是一首富有民歌情调的山水风景诗。前二句专事写景，雨后之夜，略带凉意的一钩弯月，倒映在光洁如镜的兰溪之中，周围山色清澄可鉴；后二句景中抒情，由于风调雨顺，丰收的鱼汛涌上滩头，人之欢畅可想而知。

望洞庭

刘禹锡

湖光秋月两相和，潭面无风镜未磨。

遥望洞庭山水色，白银盘里一青螺。

[点评]

　　此诗是以成功地描述了君山的景色和秀姿而著称，但是诗中并没有出现"君山"的字样。原来位于今湖南岳阳西南洞庭湖中的君山又叫"洞庭山"。所以，前两句写的是波平如镜与皎洁秋月交相辉映的洞庭水，而后两句写的也不是别处，正是君山。

　　还值得一提的是此诗对后世的影响，比较直接的是见于晚唐诗人雍陶的《题君山》一诗。而在皮日休、苏轼、辛弃疾等人的有关诗词中，以螺髻比青山，想必也是受到刘禹锡这首《望洞庭》诗的某种启发。

暮江吟

白居易

一道残阳铺水中,半江瑟瑟半江红^①。

可怜九月初三夜^②,露似真珠月似弓^③。

[注释]

①瑟瑟:原是一种碧色宝珠的名称,这里借以形容江水呈碧绿色。

②可怜:可爱。

③真珠:即珍珠。

[点评]

  对此诗的写作地点,至今尚有江州、长安和赴杭州刺史途中三种不同说法。这里拟采取长庆二年(822)赴杭州途中所见江上之景而作的看法。白居易此次自求外任,大约是七月从长安出发。一路行来,快到杭州时正需一两个月,这与"九月初三"的时间恰相吻合。因为这是诗人自幼所熟悉的江南暮天水色,所以写得工致入画。

  此诗的特点是体察细致,写景逼真,比喻新颖,格调清丽,语言顺口,如同歌谣,读后令人感到赏心悦目,毫无旅次疲惫之感。

南园十三首

（其一）

李　贺

花枝草蔓眼中开，小白长红越女腮①。

可怜日暮嫣香落②，嫁与春风不用媒。

［注释］

①越女：美女西施是春秋时越国人，因以"越女"代指美女。
②嫣（yān 焉）香：娇艳的香花。

［点评］

　　前人已指出，李贺诗源于楚辞《离骚》，诚是。此诗显然是受屈原比兴手法的影响，以美人香草作比兴，在惜花伤春的诗句中，抒发了其伤时惜人也就是珍惜短暂的青春时光和积极进取的精神。人如果不及时奋进，像转瞬即逝的鲜花无人怜惜，便悔之晚矣。

题菊花

黄 巢

飒飒西风满院栽①,蕊寒香冷蝶难来。

他年我若为青帝②,报与桃花一处开。

[注释]

①飒(sà 萨)飒:形容风声。西风:秋风。
②青帝:神话中的五天帝之一,这里指司春之神。

[点评]

　　有记载说这是黄巢五岁时的作品,并对诗中所体现的造反精神加以反对。五岁之作云云虽然不尽可信,但是能够看出它有造反精神这一点还是可取的。黄巢正是借咏菊来抒发其对人间不平之事的抗争勇气和主宰天下的冲天之志。有论者说"报与桃花一处开","这是诗化了的农民平等思想",洵为有识之见。

菊　花

黄　巢

待到秋来九月八②,我花开后百花杀③。

冲天香阵透长安,满城尽带黄金甲④。

[注释]

①诗题一作《不第后赋菊》。

②九月八:实指登高、赏菊的九月九日重阳节。这里说"九月八",是为韵脚所限之故。

③我花:指菊花。杀:凋零。

④黄金甲:既是形容菊花的颜色,同时又将黄色的花瓣设想成战士的盔甲。

[点评]

　　这是一首体现作者革命理想的诗作。九月九日菊花盛开之日,也将是他起义成功之时,也是他的甲兵攻取长安之际。

山居秋暝

王　维

空山新雨后，天气晚来秋。

明月松间照，清泉石上流。

竹喧归浣女，莲动下渔舟。

随意春芳歇，王孙自可留。

［点评］

　　这首诗是王维隐居辋川后的晚年所作，代表了其田园诗的典型风格，被誉为"写真境之神品"，比如"明月松间照，清泉石上流"，除了"诗中有画"的好处，更难得的是仿佛毫不经意地道出了自然妙境。诗人笔下的"晚来秋"，比春天更加生机盎然，真正是"我言秋日胜春朝"。毫无疑问，王维是范山模水表现自然美的高手。比如诗中所写的物候时辰，既是秋日又值夜晚，因而二、三联所写的自然美景，是否可以作为诗人晚年人格美、理想美的物化呢？作为以"王孙"自指的王维本人，其对自然美的忘情追求，想必正是他厌恶官场的用意所在。

春山夜月

于良史

春山多胜事，赏玩夜忘归。

掬水月在手①，弄花香满衣。

兴来无远近，欲去惜芳菲②。

南望鸣钟处，楼台深翠微③。

[注释]

①掬：这里指双手捧取。
②芳菲：这里指美盛芬芳的花草。
③翠微：这里指青翠的山气。

[点评]

    这是一首有篇又有句的佳作。全诗既精雕细琢又自然天成，所以格外令人赏心悦目，是为"有篇"。所谓"有句"，是指颔联艺术形象虚实结合，字句安排上下对举，使人倍觉意境鲜明，妙趣横生。

钱塘湖春行^①

白居易

孤山寺北贾亭西^②，水面初平云脚低。

几处早莺争暖树^③，谁家新燕啄春泥。

乱花渐欲迷人眼，浅草才能没马蹄。

最爱湖东行不足，绿杨阴里白沙堤^④。

[注释]

①钱塘湖：即今杭州西湖。

②孤山：孤立地耸峙于西湖的里湖与外湖之间，故名孤山。
贾亭：即贾公亭。贞元年间，贾全做杭州刺史时所建，今已不
存。

③暖树：指向阳的树木。

④白沙堤：即白堤。横亘在西湖东、西间的湖面上，六朝时所
建，后人为纪念白居易称为白堤。

[点评]

　　白居易于长庆二年（822）秋至四年夏任杭州刺史，此诗
约于诗人到任的翌年早春游西湖时所作。

　　西湖的美景数不胜数，而被称为人间蓬莱的孤山，最是

西湖风景佳胜处,诗人从这里写起颇为有识。

通过典型景物写早春和写行走游逛中所见景物,是此诗的两大特点。最后结束于白沙堤,更使人有流连忘返之感——因为从这里回望,群山含翠,碧波荡漾,加之堤上桃柳成行,芳草如茵,生机勃发。人游画中,岂能满足?

忆江南二首^①

白居易

江南好,风景曾旧谙。日出江花红胜火,春来江水绿如蓝^②,能不忆江南?

江南忆,最忆是杭州。山寺月中寻桂子^③,郡亭枕上看潮头^④,何日得重游?

[注释]

①忆江南:题下有作者原注"此曲亦名《谢秋娘》,每首五句"。

②蓝:植物名。这里指叶子可做青色染料的蓼蓝。

③"山寺"句:传说每年中秋后常有月中桂子落于杭州天竺寺。白居易相信此说,曾在其《留题天竺灵隐两寺》诗自注:"天竺尝有月中桂子落。"

④郡亭：指坐落在凤凰山右的杭州府治所。内有虚白亭，可以望见江潮，"潮来一凭槛，宾至一开筵"（白居易《郡亭》诗）。

[点评]

这组词原有三首，三首词当是一气呵成，均写于大和、开成间（827—838）词人闲居洛阳之时。

白居易虽然不是江南人，但是他与江南却有着千丝万缕的关系。少年时代，北方战乱频仍，在父亲的安排下，他随母亲来到了江南，在这里除了避难，还有了一处安静的求学场所。后来他又相继出任杭州和苏州刺史首尾达五年，对这里的一山一水都是非常熟悉的。

在白居易所谙熟的一切风物中，首先突出了江南最有特色的红日映照下的"江花"和碧绿清澈的"江水"。通过泛忆这种江南水乡的绚丽春色，既兼包苏、杭，又以"江南好"总绾一组三首，在流美舒缓的声调中，透露出对养育他的江南的无限深情，以至使人感到"非生长江南，此景未许梦见"。

第二首，字面上虽然只提到山寺月桂和枕上潮头，但已足以使读者跟随作者联想到天竺寺中秋月夜之清幽和八月钱塘江潮之壮美，怎能不"最忆是杭州"！

诗乐谐声

抽弦促柱听秦筝

听弹琴①

刘长卿

泠泠七弦上②,静听松风寒③。

古调虽自爱,今人多不弹。

[注释]

①诗题一作《弹琴》。

②泠泠(líng líng 零零):形容声音清越。七弦:古琴有七根弦,因以"七弦"为琴的代称。

③"静听"句:意谓琴声就像风入松林般的凄清。《风入松》又是我国乐府古琴曲之一,此系双关。

[点评]

　　作者另有一首题作《幽琴》的诗,其中的三句与此诗的后三句一字不差,可见其对此三句的钟爱。又:"古调"二字寓有世风日下之叹,并已被作为不合时宜的代称。

听 筝

柳中庸

抽弦促柱听秦筝^①，无限秦人悲怨声。

似逐春风知柳态，如随啼鸟识花情。

谁家独夜愁灯影，何处空楼思月明。

更入几重离别恨，江南歧路洛阳城^②。

[注释]

①抽弦促柱：当指古筝的弹奏指法。筝是拨弦乐器，音箱为木制长方形，面上张弦十三根，每弦一柱（弦枕木）。秦筝：战国时筝已流行于秦地，相传由秦人蒙恬改制，故称秦筝。
②歧路：即岔路。身临歧路，容易迷失方向，所以引起伤感。

[点评]

　　第二联虽然也说诗人从筝声中听出了春风拂柳、鸟语花香的欢快情绪，但从其他三联所听到的均为悲怨之声。尤其是第三联所写的孤母盼儿、思妇念远之情，更令人悲从中来。

　　从柳宗元的有关记载中得知：柳中庸是其族叔，因此第八句的"江南歧路"，或指柳宗元连续被贬至遥远的南方而言；又从李端《江上逢柳中庸》《溪行逢雨与柳中庸》等诗看，诗人是别中有别，离恨重重。"秦筝"所弹奏出的这"几重离别恨"，均为诗人的亲身感受，所以格外动人心弦。

省试湘灵鼓瑟^①

钱　起

善鼓云和瑟^②，常闻帝子灵^③。冯夷空自舞^④，楚客不堪听。苦调凄金石，清音入杳冥^⑤。苍梧来怨慕^⑥，白芷动芳馨^⑦。流水传湘浦，悲风过洞庭。曲终人不见，江上数峰青。

[注释]

①省试：唐代由尚书省举行的考试，也称会试。湘灵鼓瑟：语出《楚辞·远游》"使湘灵鼓瑟兮，令海若舞冯夷"。这里用作试题。湘灵：湘水之神。

②云和：古时琴、瑟等乐器的代称。

③帝子：皇帝的儿女，这里指唐尧之女、虞舜之妃，即娥皇、女英姐妹。

④冯（píng 平）夷：传说中的水神名。

⑤杳冥：指极远之处。

⑥苍梧：虞舜出外巡视，死于苍梧，也葬于苍梧。

⑦白芷：香草名，也叫薜芷。

[点评]

这是天宝十年（751）作者应进士举时所作的试帖诗。由于诗写得很出色，作者不仅考中，百年后此诗仍被作为试帖诗的范本。

这首诗最受称道的是最后的"曲终人不见，江上数峰青"二句。此间有一个很神奇的故事：当初钱起为应试漂泊江湖之时，常常于明月当空之际独自在旅舍吟诵。一次，突然听到有人在庭院中吟道："曲终人不见，江上数峰青。"钱起感到很惊讶，就穿好衣服起来察看，但却一无所见，就以为这是"鬼谣"，而"曲终"云云十个字他牢记不忘。直到这次应试，试题《湘灵鼓瑟》中，恰恰有"青"字，钱起就以上述"鬼谣"十字为结句，从而受到考官的嘉许，誉之为"绝唱"，无疑这一年钱起考中了进士。这个故事自然是不必信从的传闻，但却说明"曲终"二句有鬼使神授之妙。

李凭箜篌引^①

李 贺

吴丝蜀桐张高秋^②，空山凝云颓不流。江娥啼竹素女愁^③，李凭中国弹箜篌^④。昆山玉碎凤凰叫^⑤，芙蓉泣露香兰笑^⑥。十二门前融冷光^⑦，二十三丝动紫皇^⑧。女娲炼石补天处^⑨，石破天惊逗秋雨。梦入神山教神妪^⑩，老鱼跳波瘦蛟舞^⑪。吴质不眠倚桂树^⑫，露脚斜飞湿寒兔。

[注释]

①李凭：唐代善弹箜篌的宫廷乐师。箜篌：也作空侯，古代拨弦乐器，有卧式、竖式两种。箜篌引：乐府旧题，属《相和歌辞·瑟调曲》，也叫《公无渡河》。

②张：这里指箜篌上弦进行弹奏。

③江娥啼竹：相传舜南巡，死葬苍梧，其二妃娥皇和女英，追寻至湘水，泪下沾竹，染而成斑。江娥：即指娥皇、女英，也合称湘娥或湘妃。素女：神话中善弦歌的女神。

④中国：这里指国之中心的京都长安。

⑤昆山：古代传说中的产玉之山，也称昆冈（山脊曰冈）。

⑥芙蓉：荷花的别称。

⑦十二门:长安城的东西南北四面,每一面各三门。

⑧紫皇:道家传说的神仙。

⑨女娲:神话中的古帝名,一说伏羲之妹,一说伏羲之妇。古代传说,共工氏触不周山,天倾西北,地陷东南,女娲氏炼五色石以补天。

⑩神妪(yù 玉):或指女神成夫人,她好音乐,能弹箜篌,闻人弦歌,辄便起舞。

⑪"老鱼"句:或是对《列子·汤问》"瓠巴鼓琴而鸟舞鱼跃"的化用,形容音乐的神妙。

⑫吴质:当是指神话传说中在月宫砍伐桂树的仙人吴刚。

[点评]

此诗当系作者在京任奉礼郎时所作。古今共认这是一首非常出色的音乐诗,其中"昆山玉碎凤凰叫,芙蓉泣露香兰笑……女娲炼石补天处,石破天惊逗秋雨"等,更是声情并茂的传世名句。

但是,对于此诗的内容却有两种非常不同的理解:一种是把"引"释为诗体的一种,那么此诗就是李贺在聆听了李凭弹奏箜篌之后,以"引"为体裁写的七言歌行;另一种是强调"箜篌引"三字密不可分,诗题应写作《李凭〈箜篌引〉》。因此,李贺不是听李凭弹奏箜篌而写出称作"引"体的歌行,则是因为听了李凭弹奏《箜篌引》而写成此诗,所以诗中贯串着汉曲《公无渡河》的凄怆基调。

为谁辛苦为谁甜

贫者可叹

农　父

张　碧

运锄耕劚侵晨起[①]，垄亩丰盈满家喜。

到头禾黍属他人，不知何处抛妻子[②]。

[注释]

①劚：同斸(zhú 竹)，原为大锄，这里当指犁。侵晨：犹清晨，
指天初明之时。

②妻子：这里指妻与未成年的儿女。

[点评]

　　农父起早贪黑，精耕细作，不辞劳累，幸而丰收在望，合
家欢喜。另一方面却担心到头来谷物被他人强占，甚至不定
何时还会遭到妻离子散这种更大的不幸。这就是封建社会
农民的境况，也是此诗的题旨所在。

浪淘沙九首

（其六）

刘禹锡

日照澄洲江雾开^①,淘金女伴满江隈^②。

美人首饰王侯印,尽是沙中浪底来。

[注释]

①澄洲:水面清澈而平静的江中小洲。

②江隈(wēi 威):江水弯曲的地方。

[点评]

这一组九首竹枝词,当是作者在离开巴山楚水回到洛阳时,对沿途壮丽景色的描写和对濯锦、淘金等劳动生活的赞颂。

这第六首的前二句是描绘在江雾初开之际,淘金女伴们的辛勤劳动场面;后二句则是作者为劳动妇女鸣不平,她们的劳动果实将被不劳而获的"美人"和"王侯"所攫取,自己却一无所有。

蜂

罗　隐

不论平地与山尖,无限风光尽被占。

采得百花成蜜后,为谁辛苦为谁甜?

[点评]

　　对此诗的题旨似有这样两种不尽相同的理解:一谓慨叹世人劳心于利禄,旨在嘲讽;二谓借咏蜂而歌颂劳动者。看来后者更近情理,因为诗的前两句对蜜蜂无处不在的忙碌身影,是一种寓有赞赏之意的正面抒写。实际上蜜蜂在人们的心目中,是一种不辞辛苦、不求名利的普通劳动者的形象。如果以这种形象比喻利欲熏心者恐有不伦不类之嫌。

　　罗隐诗以讽刺见长,此诗的讽刺对象是不劳而获者。因此,后二句主要当是针对这种不合理的社会现象而发的,所以它备受劳动者的喜爱。

再经胡城县①

杜荀鹤

去岁曾经此县城,县民无口不冤声。

今来县宰加朱绂②,便是生灵血染成。

[注释]

①胡城县:唐时县名,故址在今安徽阜阳西北。

②朱绂(fú 俘):古代系佩印章的红色丝带。

[点评]

这是一首既尖锐又深刻的政治讽刺诗,讽刺的对象当然是针对手染"县民"鲜血而升官发财的"县宰"。诗的三、四句充分体现了这种难能可贵的尖锐性和战斗精神。

辛苦吟

于　濆

垄上扶犁儿，手种腹长饥。

窗下投梭女，手织身无衣。

我愿燕赵姝^①，化为嫫母姿^②。

一笑不值钱^③，自然家国肥。

[注释]

①燕(yān 烟)赵：两个古国名，均为战国七雄之一。姝(shū 书)：美女。

②嫫(mó 模)母：古代著名的丑妇，相传为黄帝的妻子。

③"一笑"句：是对古已有之的"一笑千金"这一成语的反义隐括。

[点评]

　　此诗前半首意谓耕者不得食、织者身无衣，言外之意则是讽刺不劳而获者。后半首以第一人称道来，更为真切感人。意谓我希望燕赵美女能够变成丑妇嫫母的样子，这样统治者就不用花费千金去买美女的一笑，国家自然就富裕。论者以为这叫作转化对比。

从整首诗来看,前后又是贫穷和富有两个不同阶层的强烈对比。这种对比手法的交织运用,既深化了诗的主题,又能收到以理服人、以情感人的艺术效果。

缭　绫①

白居易

缭绫缭绫何所似?不似罗绡与纨绮。应似天台山上月明前,四十五尺瀑布泉②。中有文章又奇绝③,地铺白烟花簇雪。织者何人衣者谁?越溪寒女汉宫姬。去年中使宣口敕④,天上取样人间织。织为云外秋雁行,染作江南春草色。广裁衫袖长制裙,金斗熨波刀剪纹。异彩奇文相隐映,转侧看花花不定。昭阳舞人恩正深⑤,春衣一对直千金。汗沾粉污不再着,曳土踏泥无惜心。缭绫织成费功绩,莫比寻常缯与帛⑥。丝细缲多女手疼,扎扎千声不盈尺。昭阳殿里歌舞人,若见织时应也惜。

[注释]

①题下原有小序曰:"念女工之劳也。"

②"应似"二句:意谓(缭绫)就像天台山(在今浙江天台以北)上明月映照下,当空高悬的飞瀑流泉一样。

③文章:这里指精美的丝绢缭绫上的花纹。

④中使:宫廷中派出的使者,这里指宦官。

⑤昭阳舞人:原指赵飞燕,这里与上文的"汉宫姬",均系以汉喻唐,借指唐朝皇宫中的宠妃。

⑥缯(zēng 增)与帛:二者均为古代丝织品的总称。

[点评]

这是我国文学史上杰出的叙事组诗《新乐府》五十首中的第三十一首。写这组诗时,白居易正担任谏官左拾遗,他以诗代谏写了这组体现其"文章合为时而著,歌诗合为事而作"的现实主义创作精神的好诗。

要想准确地回答"在白居易的三千来首诗中哪一首最好"这样的问题,看来几乎是不可能的。但却有一种与此相关的现象颇可寻味,即在白居易的上乘之作中,以女子为主人公者占有很大的比重。除了人们稔知的《长恨歌》《琵琶引》《上阳白发人》《井底引银瓶》等之外,这首《缭绫》则是以一个"女工"群体为主人公的。自己冻得瑟瑟发抖、双手疼痛难忍的"越溪寒女",缲出了细丝,织成了在当时任何精美的丝绢都不能比拟的"缭绫"。再经巧手剪裁,制成广袖宜舞价值千金的长裙。然而宫中宠妃们对此却毫不爱惜,将这么贵重的衣裙随意扔在地上,踩在脚下……由此可见统治者骄奢淫逸到了何种程度,阶级对立又尖锐到何种地步!所以,此诗不仅有很高的欣赏价值,更有难得的认识意义。

悯农二首①

李 绅

春种一粒粟,秋收万颗子。

四海无闲田,农夫犹饿死。

锄禾日当午,汗滴禾下土。

谁知盘中餐,粒粒皆辛苦。

[注释]

①此诗题目一作《古风二首》。

[点评]

在笔者经眼的重要工具书和一些选本中,此诗题目几乎均作《古风二首》,那都是以诗的体裁类别命题。因为此诗是与近体诗(格律诗)相对的古诗,而且是不拘平仄的古绝形式。本书既然以题材分类,那么把它归于"为谁辛苦为谁甜"一类,也就再适合不过了。

据专家分析,此诗当为李绅早年的作品,具体写作时间约在他及进士第的元和元年(806)前后。此后的三四年间,其所作《新题乐府二十首》(今佚),在诗坛曾产生很大反响,李绅也就成了唐代新体乐府诗的最早作者,元稹和白居易还是在他的影响下开始写作"新乐府"诗的。李绅这两首《悯农》诗的内容与新乐府运动的方向是完全一致的,都是"惟歌生民病"。尤为可贵的是,它深入浅出地说明了"劳动者不得食"和"不劳而获"这一社会问题的严重性,以格言式的警策之句道出了深邃的哲理——褒扬和同情社会财富的创造者,教育人们要珍惜劳动成果,特别要爱护农民用汗水换来的粒粒禾谷。

伤田家

聂夷中

二月卖新丝,五月粜新谷①。

医得眼前疮,剜却心头肉。

我愿君王心,化作光明烛。

不照绮罗筵②,只照逃亡屋。

[注释]

①粜(tiào 跳):卖粮食。
②绮罗筵:由身穿华贵的绸缎衣服的人物出席的豪华筵席。

[点评]

聂夷中还有一首题作《田家》的五绝:"父耕原上田,子剧山下荒。六月禾未秀,官家已修仓。"有的版本将这四句诗置于《伤田家》之前,合成一首十二句的五言古诗。看来不但不必十二句合在一起,就是将八句《伤田家》的前四句单独成诗,人们不也认为是可与李绅的《悯农》诗并传千古的佳作吗?它好就好在卖丝、巢谷二句,以"卖丝"这种类似于被逼无奈卖掉自己未成年的孩子的办法,有力地揭露了租税的苛重。后二句已被提炼为"剜肉补疮"的成语,可见其影响之深远。

一树春风千万枝

编余撷英

鹿　柴①

王　维

空山不见人，但闻人语响。

返景入深林②，复照青苔上。

[注释]

①鹿柴：篱落、栅栏。王维辋川别业的一处景点。柴，在这里音、义均同"寨"。

②景：日光。

[点评]

　　在王维年满不惑约三五载就开始经营其所得宋之问辋川别墅。辋川，即辋谷水，因渚水会合如车辋环辏而得名，在今陕西蓝田南。别墅地处山谷，辋川之水周于舍下，风景幽美。王维晚年笃佛悦禅，心静意爽，尝与诗侣道友裴迪游止啸吟其间，开创了以"五绝分章模山范水"之作。所到之处有孟城坳等二十个景点，两人以此为题各赋五绝二十首，合为《辋川集》。这首《鹿柴》和另一首《竹里馆》，就是其中描绘辋川景致和超脱心境的佳作名篇。

　　此诗之首联上句，足以使人领略"鹿柴"之空寂幽深。而下句"但闻人语响"，是在"不见人"的环境之中，其间之静谥则不言而喻。

三、四句以对光线与色彩的精确描绘而著称,正是王维"诗中有画"的典范之句。

竹里馆

王 维

独坐幽篁里^①,弹琴复长啸^②。

林深人不知,明月来相照。

[注释]

①幽篁:深竹林。语出《楚辞·九歌·山鬼》:"余处幽篁兮终不见天。"

②长啸:撮口发出舒长的声音。犹如当年诸葛亮在荆州游学之神态自如,"每晨夜从容,常抱膝长啸"。此与后世形容岳飞"壮怀激烈"的"仰天长啸"的高声呼啸不同。

[点评]

清代赵殿成将《辋川集》收入《王右丞集》中,这一点无所非议,但将其囫囵个地称作"近体诗",则不尽然。兹以《鹿柴》和《竹里馆》为例,二首不但都押仄声韵,且平仄亦不像"近体诗"那样处处讲究协调。所以这是两首古绝,人称其为"五古之短章",而不应与七言律绝一同归于"近体诗"。

蝉^①

虞世南

垂绥饮清露^②,流响出疏桐。

居高声自远,非是借秋风。

[注释]

①诗题一作《咏蝉》。
②垂绥(ruí):帽带打结后,在下巴下面散而下垂的那一部分。

[点评]

　　这是一首颇有寄兴的小诗。首句似以蝉之高洁自喻,二句言其声望之高。三、四句从二句派生而出,隐然以才望自负,非借攀缘之力。

宿建德江①

孟浩然

移舟泊烟渚②，日暮客愁新。

野旷天低树，江清月近人。

[注释]

①建德江：指新安江流经建德（今属浙江）的一段江流。
②烟渚（zhǔ 主）：水气如烟的江中小洲。

[点评]

　　此诗构思新颖，匠心独运，尤其是"野旷天低树，江清月近人"二句，描绘江上晚景如画，被历代诗评家推许为"神品"。

终南望余雪①

祖　咏

终南阴岭秀②，积雪浮云端。

林表明霁色③，城中增暮寒。

[注释]

①终南：指长安城南的终南山。

②阴岭：指终南山的北面。

③林表：树木的上面，即树梢。霁(jì剂)：这里指雪晴。

[点评]

　　这是祖咏于开元十二年(724)应进士试时所作的一首试帖诗。按规定，试帖诗应为六韵十二句的排律，然而祖咏只作了这么四句就交了卷。人问其故，答曰："意尽。"

　　的确，这四句所写的特定景象，既准确又完全地写足了题面，曾被王士禛誉为咏雪佳作之最。

新嫁娘词三首

（其一）

王　建

三日入厨下①，洗手作羹汤。

未谙姑食性②，先遣小姑尝。

[注释]

①"三日"句：此句意谓古代女子嫁后第三天，要下厨做菜，俗称"过三期"。

②未谙(ān 庵)：不熟悉。姑食性：指婆婆的口味。

[点评]

　　清人沈德潜很看重这首小诗，曾赞之曰："诗到真处，一字不可易。"是的，此诗好就好在以十分精练的白描之笔，淋漓尽致地刻画出了一个新嫁娘的真实心态。仅此而已，岂有他哉！

问刘十九

白居易

绿蚁新醅酒②,红泥小火炉。

晚来天欲雪,能饮一杯无③?

[注释]

①刘十九:白居易在江州时的好友嵩阳刘处士,名未详。

②绿蚁:酒面上的泡沫,色微绿,形如蚁,故称"绿蚁",也作为酒的代称。醅(pēi 胚):没过滤的酒。

③无:问话的语气词,义同"么""否"。

[点评]

　　此诗写请好友前来小酌,以诗代柬而作。诗写得很有诱惑力。对于刘十九来说,除了那泥炉、新酒和天气之外,白居易的那种深情,那种渴望把酒共饮所表现出的友谊,当是更令人神往和心醉的。

江 雪

柳宗元

千山鸟飞绝,万径人踪灭^①。

孤舟蓑笠翁^②,独钓寒江雪。

［注释］

①"万径"句:此句意谓路上行人踪迹断绝。径:这里指山间小路。

②蓑笠(suō lì 梭立):指蓑衣和用竹皮或棕皮等编制的笠帽。

［点评］

　　此诗是柳宗元被贬为永州(今湖南零陵)司马期间所作。诗押入声韵,也是他五言绝句的代表作。其所创造的风雪垂钓的诗境,虽被后世常作为山水画的题材,但实际上它曲折地反映了诗人在政治革新失败后的孤独心情和不屈的精神风貌,即有"托此自高"之意。

剑　客①

贾　岛

十年磨一剑，霜刃未曾试。

今日把示君②，谁有不平事③？

［注释］

①诗题一作《述剑》。

②示君：《全唐诗》卷五七一作"似君"。

③谁有：《全唐诗》卷五七一作"谁为"。

［点评］

　　解读贾岛及其诗作，写过《喜贾岛至》《别贾岛》和至少四首《寄贾岛》的姚合，其见解颇可参考。比如《哭贾岛二首（其一）》的"曾闻有书剑，应是别人收"，便不同于一味以"孤瘦""僻涩"论贾岛者，而可作为此诗豪健风格的最佳注脚。原来贾岛亦不失为志大才长之人，其路见不平、拔剑相助的侠义气概，至今为人称赏不已。

早 梅

张 谓

一树寒梅白玉条①,迥临林村傍溪桥②。

不知近水花先发,疑是经冬雪未消。

[注释]

①白玉条:形容早梅的颜色和形态。
②迥临:远离。傍:靠近。

[点评]

　　此诗前两句描写寒梅冰清玉洁和远离尘嚣的幽独孤傲的品性;后两句既点破题面又富有情趣韵致和生活哲理。所以"不知近水花先发,疑是经冬雪未消",是历来传诵人口的名联。

登科后

孟　郊

昔日龌龊不足夸^①，今朝放荡思无涯^②。

春风得意马蹄疾，一日看尽长安花。

［注释］

①龌龊（wò chuò 握辍）：近于拘谨、窝囊的意思。
②放荡：不受拘束，自由自在。

［点评］

　　唐德宗贞元十二年（796），年已四十五岁、潦倒大半生的孟郊刚刚进士及第。他为之得意忘形，从而写了这首曾被古人讥为器量狭小的诗。

　　平心而论，此诗既有可信的心理依据，也反映了唐代春季于京城风景佳胜之地宴集新进士的生活真实。"春风得意"之被用为成语，即可说明后人对此诗的肯定和喜爱。

春 雪

韩 愈

新年都未有芳华①,二月初惊见草芽②。

白雪却嫌春色晚,故穿庭树作飞花。

[注释]

①芳华:指芳草和香花。

②惊:当为双关语,一则指时在阴历二月初的二十四节气之一的惊蛰,二则指初见春草萌生时的惊喜的情态。

[点评]

　　元和十年(815)二月,作者见春雪而生快意,遂作此诗。

　　这首小诗之所以被朱彝尊称赞为风调流快,当因其饶有意趣之故。你看,春雪在庭院树木中飘舞的身影,多么酷似阳春时节的飞花啊!

竹枝词二首

（其一）

刘禹锡

杨柳青青江水平，闻郎江上唱歌声。

东边日出西边雨，道是无晴却有晴。

[点评]

唐穆宗长庆二年（822），刘禹锡被贬任夔州（今重庆奉节）刺史。竹枝词也叫巴渝词，刘禹锡从中吸取营养创制了两组竹枝词。另一组有九首，同时还受到屈原《九歌》的启发。

这一首运用双关隐语，即以天气的"有晴""无晴"，作为人的"有情""无情"的谐音，惟妙惟肖地刻画出一位情窦初开的少女对意中人的乍疑乍喜的复杂心情。"东边日出西边雨，道是无晴却有晴"二句，尤为人所喜爱，被称为措辞流丽，酷似六朝民歌。

浪淘沙九首

（其八）

刘禹锡

莫道谗言如浪深，莫言迁客似沙沉^①。

千淘万漉虽辛苦^②，吹尽狂沙始到金。

[注释]

①迁客：被贬谪到外地的官员，这里是诗人自指。

②漉（lù 鹿）：这里是缓慢过滤的意思。

[点评]

　　这组诗当是刘禹锡离开巴山蜀水时，沿途所见所感之作。其中的第八首以漉沙见金比喻进谗者就像"狂沙"一样，而蒙受谗言的"迁客"就像真金一样，一旦被淘洗清白，其价值自然就能被人发现。这说明诗人虽然屡遭贬谪，仍不乏乐观精神。

大林寺桃花^①

白居易

人间四月芳菲尽，山寺桃花始盛开。

长恨春归无觅处，不知转入此中来。

[注释]

①大林寺：据学者考证庐山大林寺有上、中、下三处，这里是指香炉峰顶的上大林寺。

[点评]

在白居易被贬为江州司马期间，曾于元和十二年（817）初夏诣庐山大林寺游览，并在那里留宿。他发现大林寺山高地深，时节绝晚。虽然时届孟夏，却如正二月天，涧草初发，山桃始花，就像到了另外一个世界。于是随口吟诵出这首构思新颖、别具雅趣的小诗。

杨柳枝词

白居易

一树春风千万枝,嫩于金色软于丝。

永丰西角荒园里,尽日无人属阿谁?

[点评]

此诗约作于会昌二年至六年(842—846)。是时,白居易以刑部尚书致仕后寓居洛阳直至病卒。

由于这首诗写得"风致翩翩",一时不仅"洛阳纸贵",不久还传遍了京师。武宗李炎下诏:取永丰柳枝植禁园。为此,白居易还写了一首《诏取永丰柳植禁苑感赋》诗。诗中第三句的"永丰",即唐代东都洛阳的永丰坊。

尽管此诗将永丰柳描绘得婀娜多姿、秀色夺目,但却不是一首单纯的咏物诗,而寓有作者很深的身世之感——柳树生于背阴的荒园,无人赏识,正是诗人身置一隅、不被所用、孤单抑郁心情之外化。对此,苏轼心领神会,曾据此诗而写《洞仙歌·咏柳》云:"永丰坊那畔,尽日无人,谁见金丝弄晴昼?"同样渗透了自己的身世之感,亦可见白居易此诗的深远影响。

忆扬州

徐　凝

萧娘脸薄难胜泪①,桃叶眉长易觉愁②。

天下三分明月夜,二分无赖是扬州③。

[注释]

①萧娘:唐时对女子的泛称,这里指作者的意中人。

②桃叶:晋王献之爱妾名桃叶,这里借指作者的意中人。

③无赖:此词本来的四个义项分别是无耻、无才、无聊、无奈。这里是爱极的意思。

[点评]

　　此首作为怀人诗,第四句的"无赖"当含有抱怨明月之意。但是由于后二句所写明月形象新奇无比,遂作为对扬州的赞美诗流传人口。

柳

韩　偓

一笼金线拂弯桥，几被儿童损细腰。

无奈灵和标格在，春来依旧袅长条。

[点评]

　　此诗系作者以柳自况。联系韩偓生平，诗之寓意大致是：比起拥兵自固的朱全忠那样的强藩，像自己这样的文官，犹如一笼细柳般的纤弱而险些被结果了性命，幸亏有人说情，要紧的是受到昭宗的信赖。眼下虽然流徙湖南，一旦时局好转，犹如在春风吹拂下细柳会长出长长的枝条，自己也将有所作为。

偶　见

韩　偓

秋千打困解罗裙,指点醒醐索一尊②。

见客入来和笑走,手搓梅子映中门。

[注释]

①诗题一作《秋千》。
②醒醐:酥酪上凝聚的油,叫醒醐,熬之即出,不可多得,极其甘美。这里当指上好的饮品。

[点评]

　　此诗写一富家千金自由自在的生活片断。这位打秋千打得很困乏的少女,随手宽衣解开罗裙,同时指点侍女以琼浆般的饮料伺候。如看到有客人过来,便带笑向"中门"跑去。躲到暗处后,她一面用手揉搓青梅,一面观察客人的动静。这是一个娇羞活泼,又多少有点调皮的多么可爱的女孩啊!岂料,当李清照将此诗隐括为《点绛唇·蹴罢秋千》一词,并以作品中的主人公自况,竟招致古今诸多厚非,且极力屏其于《漱玉词》之外。

　　收载此诗的韩偓《香奁集》则被视为见不得人的"香艳"之作。其实这是莫大的误解,《香奁集》中,类似于此诗的多数作品,只不过像是当时的通俗歌曲,颇为时尚有趣。

新上头①

韩　偓

学梳蝉鬓试新裙②,消息佳期在此春。

为要好多心转惑,遍将宜称问傍人。

[注释]

①上头:古代女子年十五始用簪束发,叫"加笄",也叫"上头"。

②蝉鬓:古代妇女的一种发式,望之缥缈如蝉翼,故称"蝉鬓"。

[点评]

　　诗题作《新上头》,说明主人公刚满十五岁,而她的婚期即将到来。假如诗中只写她着意发式、试穿新裙,用意尚且一般,有趣的是她竟然询问身旁的人这样打扮好看不好看。如此写来,此少女之性情,何等率真可爱!

幽　窗

韦　偓

刺绣非无暇，幽窗自鲜欢。

手香红橘嫩，齿软越梅酸。

密约临行怯，私书欲报难。

无凭谙鹊语，犹得暂心宽。

[点评]

此诗是摹写青春少女对异性爱的向往和追求，请看：

主人翁在针黹女红之余，心情郁郁寡欢。她独自品尝爱情的滋味，就像那香嫩的红橘和南方的梅子，甜酸皆有。赴约吧感到羞怯，写封信去吧又难以传递。在她心烦意乱的时候，听到喜鹊的叫声暂时得到宽慰。

刻画待字少女心态，韦偓岂非高手？

公子行

孟宾于

锦衣红夺彩霞明，侵晓春游向野庭①。

不识农夫辛苦力，骄骢踏烂麦青青②。

[注释]

①侵晓：指清晨、破晓，即天刚亮的时候。野庭：指野外、村舍等农耕之地。

②骄骢（cōng 匆）：指体态健壮的青白色的马，今名菊花青。

[点评]

"公子"在古代是用于对诸侯之子的称呼。他们倚仗"老子"的权势，不仅穿着比"彩霞"还鲜亮的高级服饰，而且只顾自己游乐开心，对农民的辛苦劳动不管不顾，竟然放纵他们的马匹任意践踏麦苗，比摇扇的公子王孙更加可恶！

汉江临泛①

王　维

楚塞三湘接②,荆门九派通③。

江流天地外,山色有无中。

郡邑浮前浦,波澜动远空。

襄阳好风日,留醉与山翁④。

[注释]

①诗题一作《汉江临眺》。

②楚塞:指古代楚国的地界。三湘:这里指湘江的三条支流。

③九派:长江在湖北、江西一带分为很多支流,因以九派称这一带的长江。

④山翁:指山简。他是晋"竹林七贤"之一的山涛之子,曾任征南将,镇守襄阳(今属湖北),常到郡中豪族习家园林宴饮,每饮必醉。

[点评]

　　王维以殿中侍御史知南选,开元二十八年(740)十月,途经襄阳而作此诗。

　　"江流天地外,山色有无中。郡邑浮前浦,波澜动远空。"抒写江流、山色虚实相济,大气包容,堪称诗中有画。

关于"山色有无中"一句,还有这样一个有趣的掌故:欧阳修因激赏此句,将其收入己词云:"平山栏槛倚晴空,山色有无中。"苏东坡词又云:"认取醉翁语,山色有无中。"实则东坡不会不知道此系王维诗句,他是以其特有风趣赞美欧阳修隐括、镶嵌之妙,亦可见王维此句之深入人心。

终南山①

王 维

太乙近天都②,连山到海隅③。

白云回望合,青霭入看无。

分野中峰变④,阴晴众壑殊。

欲投人处宿,隔水问樵夫。

[注释]

①终南山:在今陕西西安南五十里,绵延八百余里。

②太乙:终南山主峰,这里代指终南山。

③"连山"句:终南山并不到海边,此系夸张。到:一作"接"。

④分野:此处是界限的意思。

[点评]

王维于开元末天宝初隐居于终南别业,此诗当作于是时。古人对此诗大加青睐,理解亦颇近膝理。比如沈德潜说:"近天都"言其高,"到海隅"言其远,"分野"二句言其大。四十字中,无所不包,手笔不在杜陵下。或谓末二句似与通体不配。今玩其语意,见山远而人寡也,非寻常写景可比。

题李凝幽居

贾　岛

闲居少邻并,草径入荒园。

鸟宿池边树,僧敲月下门。

过桥分野色,移石动云根①。

暂去还来此,幽期不负言②。

[注释]

①云根:云起之处。古人以为云系"触石而生"。
②幽期:这里指闲适幽雅的约会。

[点评]

　　这首访友诗,向以次联"鸟宿池边树,僧敲月下门"而著称于世,其中有一个家喻户晓的"推敲"故事。尽管专家早已指出这个故事不可信,但贾岛那种刻意追求字句精确,反复考虑、仔细斟酌的"推敲"做法,还是非常可取的。

早　梅

齐　己

万木冻欲折，孤根暖独回。

前村深雪里，昨夜一枝开。

风递幽香出，禽窥素艳来。

明年如应律，先发望春台。

[点评]

　　此诗以《早梅》为题，其最大的特点是四联无不突出一个"早"字。关于颔联还有一个很有趣的故事，齐己曾就此诗向郑谷求教，诗之颔联原为："前村深雪里，昨夜数枝开。"郑谷曰："'数枝'非'早'也，未若'一枝'佳。"齐己深以为然，尊称郑谷为"一字师"。此诗此事遂不胫而走。

渔父三首

（其一）

李 珣

水接衡门十里余^①,信船归去卧看书^②。

轻爵禄,慕玄虚^③,莫道渔人只为鱼。

[注释]

①衡门:横木为门,指隐者所居的简陋房屋。

②信船:听凭小船自行漂流。

③玄虚:道家幽深奥妙的义理。

[点评]

　　李珣的《渔父》词三首,也被列入《全唐诗》,题作《渔父歌》。词人曾事蜀主王衍,国亡不仕。此词当作于李珣浪迹江湖之时,词中所写渔父不慕荣利的高雅悠闲生活,既发自真心,又充满意趣。其中"莫道渔人只为鱼"云云,读之发人深思,又令人解颐。